Polar

Blanco 2

Insoutenable héritage.

La vérité apprise, loin de la vérité enfouie !

Pascal DRAMPE

Du même auteur :

« Insoupçonnable vengeance ». Blanco 1 -collection- publié chez BoD, avril 2020.

« Flic, un métier qui tue… ». Témoignage publié chez Nestor, avril 2019.

© 2020, Pascal Drampe.

Edition : BoD - Books on Demand,

12-14 rond-point des Champs-Elysées 75008 Paris

Impression : BoD – Books on Demand, Norderstedt, Allemagne.

ISBN : 9782322240586

Dépôt légal : août 2020.

Remerciements,

- à ma compagne, Betty, pour sa patience et sa précieuse analyse,

- à mes amis Estelle et J.P. pour leurs conseils avisés,

- à mon ami, Harry Williams Verschueren, ce polar étant né, fortuitement, à l'occasion d'une de nos merveilleuses soirées. Grâce à lui, je rends hommage au Docteur Georges Fully, ancien résistant, dont l'assassinat en 1973 n'a jamais été élucidé..., qu'il connaissait pour avoir été déporté au camp de Dachau, via le « *train de la mort* » le 2 juillet 1944, avec son père, André Verschueren, ancien résistant, lui aussi.

- à mon voisin, Hervé Marc, 95 ans, ancien résistant, déporté à Buchenwald le 30 juillet 1944, qui a publié son autobiographie en 1995, « *Le devoir de témoigner encore* ».

- à mon ami, *Pacman*, Philippe Carrière, pour son engagement total à l'endroit de nos concitoyens. Son surnom représente, sans doute, sa plus belle reconnaissance d'avoir été ainsi baptisé par nos coriaces et expérimentés adversaires.

Haïku :

« L'arbre se tient là.

S'il a perdu ses feuilles,

Ses bois survivent ».

Blanco.

Pour Marina et Benoît, à la mémoire de Jean-Marie, emporté par la Covid-19.

Prologue

Plus le commandant Blanco s'enfonçait dans ce long corridor étroit des suintantes catacombes parisiennes, plus l'atmosphère devenait suffocante, flirtant avec une sensation anxiogène croissante. Ces inexplorés labyrinthes souterrains étaient plongés dans une totale obscurité, à vingt mètres sous terre. L'air glacé s'engouffrait sans chaque pore de sa peau. Son irrationnel instinct lui indiqua qu'il s'approchait, inexorablement, d'une découverte improbable.

Sa progression s'arrêta, net, au fond d'un cul-de-sac, devant une épaisse porte métallique revêtue de la rouille du temps. Son pouls battait en rafales, le visage aussi interrogateur qu'impatient. Au prix d'un immense effort, il parvint à l'entrouvrir suffisamment. La rotation forcée des trois charnières oxydées déclencha un grincement si strident, qu'il résonna dans toutes les galeries environnantes et lui perça les tympans. Il parvint à se glisser dans une pièce morbide, d'à peine neuf mètres carrés, au sol en terre battue et aux murs dégoulinants d'humidité, tapissés de moisissures garnies d'énormes champignons repoussants.

L'odeur de la mort, flottant encore dans cet air vicié, lui agressa les narines. A peine le temps de parcourir à 360° cet endroit glaçant, que le faisceau lumineux de sa lampe frontale se figea sur un enchevêtrement de squelettes. Ce flic aguerri avait assisté à bien des horreurs au cours de sa tumultueuse carrière, mais la vue de cet amas de restes de cadavres, imbriqués les uns dans les autres, tel un jeu de mikado, lui fit froid dans le dos. Un puissant courant électrique lui dressa les poils sur l'entière étendue de l'épiderme. Les yeux écarquillés, le visage blême, il brisa la glace en s'exprimant à voix haute, feignant ainsi de se sentir moins seul.

---C'est quoi ce merdier ? J'hallucine, c'est un charnier !

Les crânes présentaient, à l'identique, un trou au milieu du front et un éclatement à l'arrière de la boîte crânienne, au niveau du pariétal. Tous affichaient ces deux orifices similaires, un entrant et un sortant. A l'évidence, les victimes avaient été sommairement exécutées d'une balle en pleine tête. Puis laissées là, complètement dénudées, les unes sur les autres, dans la plus glaciale ignorance. Le commandant compta et recompta le nombre de têtes. Il y en avait vingt-cinq. Pourtant, sur la fameuse liste secrète ne figurait que vingt femmes.

Rachel, la généalogiste, avait eu raison d'inciter ce flic à redescendre sous terre. Blanco et Pacman étaient passés à deux doigts de cette voie lors de leur première incursion. Après cette macabre découverte, il convenait de s'assurer du lien avec le document comportant les vingt noms féminins. Il fallait, coûte que coûte, préserver cette odieuse scène de crime, avant que des adeptes de la cataphilie de ces anciennes carrières souterraines ne découvrent cette nouvelle artère. Evitant de s'emballer, Blanco eut tout de même la quasi-certitude d'être enfin sur la bonne piste. Il rebroussa chemin pour remonter à la surface et appeler Harry, son ami médecin-légiste.

Chapitre 1 - Saisine d'outre-tombe -

Quelques jours auparavant…

En cet estival milieu d'après-midi du lundi 4 septembre 2017, le quinquagénaire commandant Blanco restait planté là. Le visage éteint, les yeux fermés, les mains immobiles, aux doigts perdus dans ses cheveux hirsutes, dont les tempes illustraient la sage couleur naissante poivre et sel. Il végétait, plongé dans une profonde léthargie, comme emprisonné dans son ancien fauteuil au cuir craquelé de son révolu bureau de la Crim' du légendaire *36, quai des Orfèvres*. A cet instant temporellement suspendu, son mètre quatre-vingt-quatre, enfoui dans son siège, paraissait bien minuscule sur l'île de la Cité du 1er arrondissement de Paris. Il s'enivrait, une dernière fois, des mémorables enquêtes judiciaires du « 36 », dont le surnom de la « *maison poulaga* » et du sobriquet « *poulet* » viendraient, qu'autrefois, sur le quai de cet hôtel, se tenait un marché aux volailles et ses chaleureuses rôtisseries enivrantes.

Et des affaires cuisantes, le « 36 » en avait à revendre. Parmi les plus marquantes, celles du « *docteur Petiot* », guillotiné le 25 mai 1946 à Paris, chez qui la police judiciaire retrouvât les restes de vingt-sept personnes ; du célèbre Jacques Mesrine, alias « *l'homme aux mille visages* », abattu par le commissaire Broussard et ses hommes, le 2 novembre 1979 à la porte de Clignancourt ; de Guy Georges, le violeur et tueur en série des années 80 ; ou encore de Thierry Paulin, dit « *le tueur de vielles dames* » et « *le monstre de Montmartre* », vers la fin des années 80 ; voire, les controversés braqueurs du « *gang des postiches* ». Peu d'enquêtes restèrent infructueuses. Pour ne citer qu'elle, celle obscure de l'assassinat au colis piégé de l'inspecteur général de l'administration pénitentiaire, le *docteur Georges Fully*, perpétré le 20 juin 1973 à Paris 6ème.

Immergé dans une abyssale apathie, il fut soudainement réveillé par l'ouverture, aussi brusque qu'inattendue, de la porte de son ancien bureau. Flirtant à peine avec la barre des quarante ans, coiffée d'un chignon très serré, vêtue d'un élégant tailleur noir et d'un chemisier blanc plutôt classique, chaussée de talons mi-hauts, tenant un sac-à-main et un cartable d'un même cuir marron mat, la plantureuse femme blonde fit ainsi irruption. Cette inconnue l'interpella avec beaucoup d'aplomb, pour un premier échange.

---Commandant Blanco, je suppose ?

Le flic sembla littéralement anesthésié par cette visite pour le moins inopinée. L'allure délicieusement sublime de sa visiteuse, le laissa totalement aphone. Le port de la veste cintrée de son ensemble tiré à quatre épingles, accentua davantage le dessin d'une sensuelle silhouette. D'autant que l'agréable apparition de cette envoûtante taille de guêpe, réhaussée d'une non moins attirante poitrine généreuse, contrasta avec sa dernière vision, plutôt glauque, d'une ancienne affaire non élucidée de viols en série. Contrairement à son habituelle répartie, il ne répondit pas immédiatement, s'imaginant même un instant être empreint d'une hallucination. S'apercevant de son état végétatif, l'intruse surenchérit audacieusement, dans l'espoir de susciter une réaction plus conforme chez ce flic, dont on lui avait fait une description plus élogieuse.

---D'aucuns vous ont pourtant décrit comme un enquêteur fringant, à l'instar de vos nombreux trophées judiciaires. Qu'est-il arrivé au vaillant Commandant ?

Agacé par tant d'effronteries, surtout pour un premier contact, Blanco réagit enfin, le naturel revenant rapidement au galop. D'autant que personne ne savait plus que lui, peu importe la situation, que l'entrée en matière restait un élément décisif pour la suite des opérations. Un mauvais abordage pouvait être rédhibitoire. Corollairement, l'on pouvait endosser aussi bien le rôle de meneur que celui de suiveur. Les traits circonspects de son visage s'effacèrent immédiatement pour laisser place, très distinctement, à une mine inquisitrice, somme toute, plus en corrélation avec son atypique personnalité. Ce que ne manquât pas d'observer sa fureteuse interlocutrice, qui, pour le coup, perdit un peu de sa contenance volontairement exacerbée. Qu'importe la manière, le résultat justifia les moyens, elle était habilement parvenue à provoquer chez lui, la réaction tant espérée. Il l'avisa fermement.

---Jusqu'à preuve du contraire, Madame, habituellement c'est moi qui pose les questions et non l'inverse. Pourriez-vous me dire qui vous êtes ? Et surtout, m'expliquer les raisons de votre présence ici, alors que nos bureaux de la Crim' n'y sont plus ?

---Je vous demande de m'excuser pour cette intrusion, il est vrai, pour le moins insolite. Mais sachez qu'au préalable, j'ai vainement essayé de vous rencontrer dans vos nouveaux locaux du 36, rue des Bastions, à la porte de Clichy. Votre adjoint de la brigade criminelle, le Capitaine Vélasquez, ne parvenant pas à vous joindre, m'a informée que j'aurais toutes les chances de vous trouver ici, au *36, quai des Orfèvres*. Ne lui en voulez pas, je sais user de suffisamment de sagacité pour parvenir à mes fins lorsque les évènements me l'imposent. Il m'a même révélé une information personnelle au sujet de votre état passager et que vous n'étiez pas à prendre avec des pincettes, arguant que votre esprit errait encore dans votre ancien bureau. Bien entendu, cette confidence ne témoignait que d'un sentiment de bienveillance à votre endroit. N'y voyez surtout pas, dans ce propos, une quelconque trahison de la part de votre coéquipier.

Cette réflexion, pourtant tout à fait perspicace, agaça sensiblement ce flic qui n'avait pas l'habitude d'être ainsi décontenancé. Inutile de préciser que son « *bras droit* » allait en prendre pour son grade le moment venu. Après que son visage eut marqué un compréhensible mécontentement, il rectifia, perceptiblement, sa position assise, en se redressant sur son fauteuil. D'un ton autoritaire, plus fidèle à ses habitudes, il reprit vivement les commandes, ce qui ne fut pas pour déplaire à la visiteuse.

---Vous allez commencer par répondre à mes deux premières questions. Je répète. Qui êtes-vous ? Et, que faites-vous ici ?

Elle comprit, alors, que le commandant Blanco était totalement sorti de sa langueur. Et, telle une candidate exemplaire devant un jury de concours, cette dame se présenta sous la meilleure forme possible, puis exposa très clairement le sujet. Ainsi, elle mit toutes les chances de son côté pour satisfaire à cette capitale et impitoyable épreuve orale. L'officier de police judiciaire l'écouta attentivement, sans se laisser départir par la vue du physique avantageux de l'éloquente oratrice.

Rachel Trakkof, âgée de 38 ans, exerçait la profession de généalogiste pour le compte d'une agence spécialisée en recherche d'héritier à Dunkerque. Son office avait été saisi par une étude notariale dunkerquoise, en mai 2017, à l'effet de retrouver le ou les héritiers du défunt, Alphonse Durant. Né le 6 janvier 1944 à Paris 12ème, il était décédé fin avril 2017, dans cette importante ville portuaire du département du Nord. Cette enquêtrice chevronnée, reconnue par ses pairs comme l'une des meilleures dans sa région d'exercice, avait été précisément désignée pour mener à son terme cette recherche compliquée. Notamment du fait que ce dossier comportait cette difficulté que le défunt soit né sous X…, c'est-à-dire, sous le protectorat du secret.

Il s'agit d'une procédure traditionnellement autorisée et définie en France, permettant à une mère venant d'accoucher, de laisser son nouveau-né aux services de l'Etat, avec le droit de demeurer anonyme aux yeux de la société. La parturiente peut laisser son nom et les raisons de l'abandon dans une enveloppe scellée, selon son souhait. Les motivations de cet acte contre-nature restent diverses : impossibilités matérielle, sociale et/ou psychologique de s'occuper de l'enfant ; apathie au désir de l'élever ; absence du père ; voire, enfant né hors mariage, ou pire, le cas le plus traumatisant, issu d'un viol.

Dans son milieu professionnel, madame Trakkof, pourtant surnommée la « *chasseuse noire* », malgré avoir usé de toutes les voies officielles, et même, abusé des sources officieuses, se heurtait à la complexité du statut de naissance sous X…du défunt. Célibataire endurcie, addicte à son travail, elle n'avait pas été avare de subterfuges et s'était acharnée, de jour comme de nuit, à la bonne réalisation de ce dossier. Néanmoins, pour la première fois de sa déjà brillante carrière, elle devait reconnaître son impuissance face à ce mur infranchissable. Conformément au respect des fondamentaux de cette procédure singulière, l'accès au dossier sous X…lui était irrémédiablement refusé.

En raison des besoins de l'enquête, elle s'était établie depuis plus d'une semaine à l'hôtel Alexandrie, dans le 12ème arrondissement de Paris. Un soir, prenant un verre, seule au bar, elle avait été abordée par une resplendissante femme typée hispanique, dont l'apparence n'autorisait aucune équivoque quant à sa qualité d'*Escort-girl* de luxe. Cette dernière, autant par curiosité féminine que pour tuer le temps, puisqu'en attente de l'arrivée de son rendez-vous galant, avait engagé la discussion lors de laquelle Rachel évoqua les motifs de sa présence dans la capitale. Après avoir écouté attentivement le récit de son interlocutrice, la « *professionnelle* », esquissant un léger sourire du coin de ses lèvres pulpeuses, lui susurrait les prémisses d'une ouverture, sans en dévoiler clairement la solution. Ainsi, en attendant la venue de son cavalier d'un soir, elle caressait l'espoir de susciter l'avidité et de générer de l'impatience chez la généalogiste.

---Je n'en connais qu'un qui pourra t'aider.

Elle ne prononçait aucun mot supplémentaire et affichait un air suffisant, en dégustant sa coupe de champagne, fermant les yeux pour en apprécier davantage le pétillant et augmenter, d'autant, l'excitation grandissante de sa partenaire de circonstance. Consciente de se retrouver à sa merci, presque irritée par ce petit jeu inoffensif, Rachel posait brutalement sa coupe, déversant sur le bar un léger filet de son cocktail Margarita à base de « *tequila Blanco* » et avisait, nerveusement, l'*Escort-girl*.

---Ah bon ? Et qui ?

La « *call-girl* » se jouait encore un peu de cette réaction aussi marquée que surprenante, qu'elle savait avoir subtilement provoquée. Dès lors, elle comprit qu'il convenait de mettre un terme à cet agacement et de faire retomber la pression. Accompagnant le geste à la parole, elle opposait, habilement et distinctement, la paume des mains face à son interlocutrice pressée.

---Du calme, ma belle. Il s'agit d'un « *condé* », le patron du groupe Crim' qui bosse au « 36 », du moins au nouveau 36, celui de la porte de Clichy.

---Et qu'a-t-il de si particulier ce policier ? Quel est son nom ?

---On le surnomme Blanco, dans le « *milieu* », c'est un sacré flic à qui rien n'échappe. Mieux vaut ne pas se trouver dans ses pattes. Lorsqu'il tient un os, il ne le lâche plus et le ronge jusqu'à la moelle.

Elle riait généreusement, ce qui impatienta davantage la généalogiste.

---Aurais-tu ses coordonnées téléphoniques ? Où puis-je le rencontrer ?

---Doucement, ma jolie. Je ne le vois plus traîner dans les parages depuis leur déménagement du « 36 ». Tu devrais aller dans leurs nouveaux locaux. S'il n'est pas là, je te recommande de t'adresser à son adjoint, le Capitaine Vélasquez. C'est son incontournable homme de confiance, il est clean, lui aussi.

---Merci pour l'info. Ta rencontre était inespérée, je me trouvais dans l'impasse. Mais pourquoi me donnes-tu ces renseignements ?

Elle la scrutait lentement des pieds à la tête, tel un appareil de contrôle de sûreté aéroportuaire, avant de lui répondre, esquissant un léger sourire.

---Je n'en sais fichtrement rien. Sûrement parce que tu m'es sympathique et que tu lui ressembles un peu.

A l'arrivée de son client, au profil d'homme d'affaires ventru, élégamment vêtu, mais à l'allure des plus discrètes en raison des circonstances dénuées de moralité, elle lui emboitait le pas, sitôt cette phrase prononcée. L'enquêtrice restait songeuse face à cette surprenante révélation de cette improbable rencontre.

Le lendemain, en milieu de matinée, elle décidait de suivre les conseils de son entrevue furtive de la veille au soir, et se rendait au 36, rue des Bastions, à la porte de Clichy. S'adressant à l'accueil filtrant, personne ne semblait savoir où se trouvait ce fameux commandant

Blanco. Toujours selon les préconisations de la « *professionnelle* » , elle se présenta alors, au capitaine Vélasquez. Très prudent au début de l'entretien, comme lors d'un round d'observation, il était habilement mis en confiance par la généalogiste. Blanco ne répondant pas à ses nombreux appels, il informait, ainsi, la requérante.

---Je viens de déjeuner avec lui, il a payé l'addition et s'est volatilisé. J'ai vainement tenté de le contacter mais son portable est éteint. Il se trouve sans doute au « 36 », celui du quai des Orfèvres. Il lui arrive fréquemment d'y retourner depuis le déménagement de juin dernier. Vous pouvez toujours vous y rendre, il n'y a plus que nos collègues de la B.R.I. qui occupent encore les lieux. Mais je vous préviens, il n'est pas à prendre avec des pincettes en ce moment. Attendez-vous à ce qu'il vous esquive purement et simplement.

Le commandant venait d'écouter très attentivement les propos parfaitement clairs et concis de la visiteuse. Laquelle, son épreuve orale brillamment menée, termina ainsi.

---Et me voilà, maintenant, devant vous, Commandant Blanco. Ainsi, vous savez presque tout de moi et les raisons de ma présence, ici, dans vos légendaires et très respectables bureaux du « 36 ».

Ce flic expérimenté resta muet quelques secondes, avant d'inviter l'enquêtrice en recherche d'héritier à s'asseoir. Silencieusement, il apprécia les qualificatifs qu'elle employât à l'endroit de son vénéré « 36 », puis la questionna plutôt froidement.

15

---Donnez-moi une seule bonne raison pour laquelle je devrais vous aider ? Surtout dans une enquête qui n'est pas de mon ressort.

---Parce que, dixit votre entourage, vous seriez le seul à pouvoir me rendre ce service. Et les propos de cette *Escort-girl* brésilienne semblaient fort convaincants. Elle dégage beaucoup d'assurance et il m'étonnerait qu'elle se trompe à votre sujet.

---Effectivement, je la, ou plus exactement, je le connais parfaitement bien. Sa silhouette oscille dans le monde de la nuit parisienne depuis un bon quinquennat. C'est un transsexuel très apprécié dans les sphères mondaines de la capitale. Et pourtant, sa flagrante beauté plastique n'arrive pas à la cheville de son intelligence de jeu hors pair. Pour autant, je doute que votre analyse, certes, tout-à-fait juste, représente une raison suffisante pour que je vous vienne en aide. De plus, de votre expérience, vous devriez savoir qu'on ne valide jamais les propos de la première personne venue, sans les recouper.

---C'est vrai, Commandant, vous avez raison, en partie, d'ailleurs j'avoue avoir été trompée par son apparence féminine. Mais, par le passé, j'ai souvent suivi mon instinct avec beaucoup de succès.

En son for intérieur, Blanco était de plus en plus intrigué par cette femme qui n'avait pas froid aux yeux, se payant le culot de venir le rencontrer, ici, au fameux et impressionnant « 36 ». Force était de constater qu'elle avait brillamment réussi son examen d'entrée. De surcroît, il se reconnut en certaines de ses caractéristiques professionnelles, notamment dans la

16

détermination et le non-conformisme. Mais pour quelle raison, s'agissant d'une affaire sans intérêt, à première vue, ne la shoota-t-il pas, à l'instar de ce qu'avait envisagé son adjoint, le capitaine Vélasquez ? Peut-être et, même sûrement, que son intuition l'empêcha de mettre un terme définitif à cette sollicitation. Un long instant, Blanco observa, d'un air interrogatif, cette aussi jolie que surprenante enquêtrice, avant de se prononcer plutôt protocolairement, contrairement à ses habituelles prises de décisions instinctives.

---Bon, écoutez, très chère Madame Trakkof. J'ai besoin de réfléchir à mon implication, ou pas, dans votre affaire. D'autant que je vous avoue vivre une situation professionnelle très inconfortable en ce moment. Laissez-moi votre zéro-six, je puis vous promettre de vous contacter, au plus tard, en début de soirée.

---Très bien, Commandant, je vous en remercie. Je vous attendrai au bar de l'hôtel Alexandrie.

L'enquêtrice privée, traduisant le dernier propos du commandant de « *vous pouvez disposer* », quitta aussitôt l'ancien office du flic et descendit les célèbres escaliers dont la rampe dessinait les lettres PJ - Police Judiciaire -. Blanco, lui, s'inspira encore une fois de quelques instants d'intenses souvenirs des années passées en ces lieux. Les meilleurs bandits et les flics les plus racés s'y étaient vaillamment affrontés, et même respectés. Des valeurs qui, à présent, n'étaient malheureusement plus d'actualité.

Une heure plus tard, rendu au nouveau 36, celui encore puceau de légendes de la rue des Bastions, Blanco ouvrit violemment la porte du bureau de son adjoint. Il l'avisa fermement.

---Mais qu'est-ce qui t'a pris, Véla ? Tu es tombé sur la tête ? Non seulement tu m'envoies cette femme chez moi, au « 36 », et en plus, tu lui révèles des confidences personnelles.

---Je sais, chef, je n'ai pas d'explication rationnelle. J'ai simplement eu le sentiment qu'elle pouvait t'être utile. Et puis, je ne sais plus quoi faire avec toi, en ce moment. Il faut reconnaître que t'es plus vraiment là. Tu as encore la tête au « 36 ». Ça jacte pas mal sur tes errements, ici, surtout les nouveaux tauliers. Fais gaffe à toi.

---Pardon ? « *Fais gaffe à toi* » ? Mais tu te prends pour qui, Capitaine Vélasquez ! Tu veux prendre ma place ?

---Du calme, tu te méprends sur mes intentions. Tu sais tout le respect que j'ai pour toi, tu m'as enseigné toutes les ficelles du métier. Jamais cette idée ne m'effleurera l'esprit. Je suis désolé d'insister, mais tu dois admettre que les temps et les mentalités changent. Tu as 53 balais, mais moi, je n'en ai que 40. Je n'ai pas d'autre choix que de m'adapter. Tu m'as toi-même inculqué ton adage favori : « *S'adapter ou périr !* ».

---Plutôt quitter le peu qu'il reste encore de cet infime halo de lumière de l'ancienne « *Grande Maison* ». Je ne changerai jamais, je préfère crever ! Et pour quelle raison m'as-tu parachuté cette généalogiste ?

---A vrai dire, je ne sais pas. Tu m'as transmis ton instinct depuis toutes ces années à te seconder. Je l'ai suivi et j'ai cru prendre la bonne décision pour toi.

---Ah, c'est nouveau ça aussi ! Maintenant, tu prends les directives pour moi ! De mieux en mieux ! Et bientôt, toi et tes petits camarades allez aussi me demander de faire mes cartons et déguerpir d'ici !

Blanco, le visage rouge écarlate de colère, tourna les talons, sortit du bureau de son adjoint en refermant violemment la porte derrière lui. Il s'aperçut que même ce claquement et le bruit de ses pas n'avaient pas le même caractère auditif qu'à l'ancien « 36 ». A l'évidence, les habituelles engueulades entre flics devenaient également feutrées, voire quasi-inexistantes, sans odeur, ni saveur, pour ne pas dire insignifiantes dans ce nouvel espace impersonnel de travail. Vélasquez avait raison sur ce point, les temps avaient bien, ou plutôt, mal changé. Le commandant se dirigea prestement dans l'immense bureau de verre, encore empli d'air aseptisé, de son nouveau taulier en âge d'être son fils. Il ouvrit brusquement la porte de son office et se retrouva face à lui, alors qu'il était en compagnie d'un autre commissaire de police de la même génération.

---Bonjour, Messieurs ! Alors, comme ça on parle de moi dans les hautes sphères, en ce moment ?

Le jeune chef de service ne fut pas surpris de l'attitude peu cavalière de Blanco. On l'avait avisé du caractère en acier trempé de ce patron de la Crim', « c'est un grand flic mais il est incontrôlable ! ». Comme enseigné à l'Ecole Supérieure de la Police Nationale à Saint-Cyr-au-Mont-d'Or, il renforça sa position assise de supériorité, avisa son homologue, d'un léger sourire en coin, et scanna lentement Blanco des pieds à la tête, avant de lui répondre sur un ton monocorde et très suffisant.

---Commandant, vous disparaissez et apparaissez comme bon vous semble, tel un électron libre. Je me trompe ou je ne vous ai pas entendu frapper à la porte ? Et si je ne m'abuse, le chef d'Etat-Major ne m'a pas annoncé votre demande d'entretien.

Blanco comprit que l'avertissement de Vélasquez prenait, maintenant, tout son sens. Les temps avaient effectivement évolué, surtout depuis le déménagement du « 36 ». Ne voulant pas perdre la face, exercice auquel il n'avait jamais failli au cours de sa carrière mouvementée, il rétorqua fougueusement.

---J'ai eu la chance de connaître cette belle époque où la porte d'un patron restait toujours ouverte, sans parler de la réciprocité du respect. Nous bossions main dans la main, en ces temps pas si lointains. Et vous pensez que je vais solliciter la très haute bienveillance d'un *rond de cuir* pour m'accorder un rendez-vous dans un bureau contigu au mien, fusse-t-il le vôtre ? C'est une plaisanterie ! Vous vous mettez le doigt dans l'œil !

Pour garder la seule autorité administrative qu'il pouvait opposer à ce vieux briscard, le visage trentenaire du jeune chef de service s'assombrit. Soudainement, des traits de sévérité apparurent sur son petit minois, lui donnant un peu plus d'âge et de contenance pour maintenir un semblant de supériorité hiérarchique.

---Vous parlez d'un passé révolu, mon cher Commandant. Pour ma part, je ne fais référence qu'au présent pour n'envisager que l'avenir. Non seulement vos repères ancestraux n'ont plus lieu d'exister, de surcroît, je n'éprouve aucunement le besoin d'en connaître. Si les méthodes contemporaines vous déplaisent, personne ne vous oblige à les subir. Les indispensables ne remplissent-ils pas les rangs de nos honorables retraités ?

Déjà empreint au doute, notamment, depuis ce très perturbant déménagement de juin, les propos irrévérencieux de son supérieur hiérarchique furent la goutte d'eau qui fit déborder le vase. C'était insupportable pour Blanco, dont le passé avait laissé trop de traces indélébiles. Il perdit son sang-froid et s'exprima sans filtre à l'endroit de son interlocuteur.

---Espèce de jeune con ! La police française est mal barrée avec des gars aussi insignifiants que vous ! Je vous dépose une feuille pour deux mois ! J'ai plus de trois mille heures supplémentaires à récupérer et des congés annuels en pagaille !

---Aucun problème, Commandant. De toute façon ça ne changera pas grand-chose en raison de votre omniprésente absence. Vous pouvez même en poser trois, considérez que c'est signé d'avance.

Blanco tourna les talons et sortit en laissant la porte du bureau ouverte. Sans se départir, le jeune commissaire reprit, le plus naturellement du monde, la discussion avec son collègue de promotion.

---Tu vois, cette génération est devenue totalement obsolète. Ces vieux flics ont besoin de se faire recadrer, sinon ils nous bouffent. Sous prétexte qu'ils ont arrêté tel ou tel bandit de légende, ils se croient tout permis.

Surtout lui, qui a tué l'ex-ennemi public numéro un de l'arc antillais, Patrick Thimalon, dit « *Robin des bois* », dans un ghetto guadeloupéen en 2001. Il tient d'ailleurs son surnom « *Blanco* » de cette affaire. Je n'apprécie pas leurs méthodes « *borderline* ». Nous risquons notre carrière à chaque instant, à cause d'eux. Et, comme tu le sais, les consignes d'en haut sont très claires. « *Pas de vagues, Messieurs les Commissaires !* ».

Sitôt dit, sitôt fait, il déposa un congé annuel de trois mois sur le bureau de Vélasquez, « *tu f'ras passer au jeune con !* ». Lequel n'osa répondre que par un hochement de tête devant le regard glacial de Blanco. Le commandant, aigri, rentra chez lui, dans son discret appartement du 10ᵉᵐᵉ arrondissement de Paris. Personne ne l'y attendait. Veuf depuis plus de quinze ans, il n'avait pas refait sa vie sentimentale. Soucieux de ne pas aggraver le chagrin de ses trois enfants, très marqués par la mort accidentelle de leur mère, il s'était toujours interdit une quelconque relation suivie. Ainsi, il avait pris l'engagement de ne ramener aucune autre femme à la maison et avait gardé cette habitude au fil des années. De toute façon, sa vie de flic était trop compliquée pour qu'il l'impose à une autre partenaire. Il avait élevé sa fille et ses deux garçons de son mieux, avec les imperfections dues aux impondérables de service, comme l'on disait autrefois, dans le jargon policier. D'ailleurs, le métier était tellement contraignant, qu'il avait interdit au plus grand des deux fils, désireux de suivre ses traces, de passer le concours d'officier de police, pour le protéger, lui et sa future famille. « *Si tu passes l'écrit, je te planterai à l'oral, via mes contacts !* ». Et, conformément à l'adage, « *lorsqu'on parle du loup, on en voit la queue !* », son fils Adam, déjà âgé de 28 ans, l'appela, comme chaque jour.

---Bonjour, *padré* ! Comment vas-tu, aujourd'hui ?

---Oh, *son* (fils en anglais, comme il avait l'habitude de l'appeler), ça va, la routine. Et toi, à Dubaï ?

---Toi, la routine ? Tu plaisantes ?

---Oh, laisse tomber, *son*. J'ai l'impression d'être devenu complètement démodé. La « *Grande Maison* » n'est plus que l'ombre d'elle-même.

---Désolé, *padré*, je pensais que tu plaisantais. Tu as assez donné. Fais comme les autres maintenant, attends tranquillement la quille, tu ne l'as pas volée.

---Tu sais bien que c'est impossible pour moi, *son*, tu me connais.

---Oui justement, fais autre chose, maintenant.

---Ouais, on verra. Et toi, quoi de neuf à Dubaï ? Tu rentres quand pour me voir ?

---*Padré*, je crois que j'ai rencontré la femme de ma vie. Une Suissesse qui travaille dans mon environnement professionnel. Je ne peux l'expliquer mais je sais que c'est elle. Je suis impatient de te la présenter. Sinon, les affaires marchent bien. Je développe, doucement mais sûrement, mon réseau au Moyen-Orient et je suis en avance sur mes objectifs. Mes boss allemands me donnent l'impression d'être satisfaits.

---Content pour toi, au moins tu leurs ramènes de l'argent, toi. J'en ai ma claque d'ici. Je viendrai peut-être vous voir très prochainement pour que tu me présentes ta jolie rencontre. D'autant que je viens de poser trois mois de congés.

---Ah, effectivement, c'est la preuve que tu ne vas pas bien. Ainsi, tu vas pouvoir nous rendre visite aussi longtemps que tu le voudras. Ça nous fera le plus grand bien. Tu me manques tellement, *padré*. Et, Marie-Gabrielle, ma nouvelle compagne, est impatiente de te rencontrer. Je lui ai dit tout le mal que je pensais de toi.

Blanco, qui était peu expressif en matière de sentiment, écourta hâtivement la discussion.

---Allez, *son*, trêve de bavardage, au boulot ! On s'appelle demain, comme tous les jours. Bye.

---Bye, *padré*.

L'appel terminé, le temps fut maintenant à la réflexion. Deux solutions s'offraient à lui. Soit il prenait immédiatement l'avion pour Dubaï. Dans ce cas, il shooterait le dossier de la jolie Rachel. Soit il aidait cette obstinée généalogiste, ce qui ne devrait pas lui prendre trop de temps. Dans cette seconde éventualité, il se rendrait aux Emirats-Arabes-Unis à l'issue de l'élucidation de cette enquête de recherche d'héritier. Une bonne douche réparatrice devait lui remettre les idées en place. Ce qui, à l'évidence, ne fut pas le cas. Alors, il décida de se rendre directement à l'hôtel Alexandrie, sans prendre soin d'appeler l'enquêtrice. Sur place, il prendrait sa décision, instinctivement.

Après une conduite trop rapide dans les rues parisiennes, qu'il connaissait comme sa poche, et un stationnement peu orthodoxe de sa voiture de service, il pénétra dans le bar de l'enceinte hôtelière, à vingt-et-une heures frappantes. Il fut immédiatement enveloppé dans une ambiance feutrée, et bercé par une très agréable musique de jazz *piano stride*. Au bout de quelques pas hasardeux, il aperçut, perchée sur une chaise haute fuselée du bar, les jambes élégamment croisées, la jolie généalogiste au dos magnifiquement dénudé, vêtue d'une non moins remarquable robe de soirée rouge sang. Etonnement, son cœur battit la chamade à lui en rompre la cage thoracique. Il n'avait pas ressenti cette alchimie depuis de nombreuses années. Même si les conquêtes, aussi furtives que répétées, se succédaient les unes aux autres. Était-ce son incertitude professionnelle du moment qui le fragilisait ainsi, lui faisant baisser la garde ? Il tenta aussitôt de se ressaisir pour ne rien laisser paraître de son étonnante fébrilité passagère. Mais, c'était sans compter sur le sens de l'observation démesuré de la séduisante Rachel, qui s'était déjà aperçue, via le miroir du bar, de cet instant d'émotion qu'il n'avait pas pu masquer à temps. Elle l'avisa d'une voix suave.

---Alors, Commandant Blanco, vous vous décidez à apparaitre enfin ? Est-ce dans vos habitudes de faire attendre les femmes ?

Cette réflexion obtint l'effet escompté, telle la chute de la façade d'un iceberg, précipitée par le cruel réchauffement climatique, la glace se brisa en un instant, laissant place aux sourires complices. Ceux-ci devinrent rires, à la réponse humoristique de Blanco.

---Il est bien connu que la police arrive toujours en retard, n'est-ce pas, charmante Dame ? Et si ce soir, nous ne parlions pas boulot ?

Rachel, surprise par cette proposition, l'avisa quelques instants, avant d'acquiescer.

---Disons que ça me convient parfaitement. Cette affaire de recherche d'héritier me triture les neurones depuis quelques temps. C'est un pur hasard, mais je suis au « *téquila Blanco* ». Que puis-je vous offrir ?

---Très bon choix, ma chère. Alors, voyons voir ? Si vous êtes au « *téquila Blanco* », je prendrai un « *black Russian* ». Puisque tout est question d'équilibre ici-bas.

L'entente sembla parfaite entre ces deux quasi-inconnus. Les sujets de discussion, au départ plutôt professionnels, basculèrent immanquablement vers une connotation sensuelle, surtout à l'entame du troisième cocktail. Blanco, qui interpréta, à sa convenance, le regard insistant de sa partenaire en direction de la porte de l'ascenseur, s'invita délicatement à terminer ce dernier breuvage, dans la chambre de la charmante généalogiste. Laquelle n'eut, ni la force, ni l'envie, d'opposer la moindre once de résistance face à cette initiative habilement placée. Dans l'ascenseur, juste le temps d'accéder au 7ème étage, ils échangèrent un langoureux baiser au mélange subtil de « *téquila Blanco* » et de « *black Russian* », tels deux jouvenceaux. L'aussi inattendue qu'inexorable union charnelle allait se produire. La fusion entre la « *chasseuse noire* » et ce pisteur de « *Blanco* », se gradua dès l'entrée dans la chambre cossue. Ce flic racé prit, comme souvent, à son compte, le déclenchement des hostilités.

Il posa les deux verres à cocktail sur la table basse, sans perdre le contact tactile avec la main de sa partenaire, puis se tint debout, derrière la plantureuse Rachel qui faisait face à la tête du lit. D'un geste assuré, il lui dégagea délicatement la chevelure blonde, pour laisser apparaître la magnifique nuque qu'il effleura des lèvres, avant d'y déposer de légers baisers. Les yeux fermés, elle se laissa embarquer dans cet intense moment de volupté et s'abandonna littéralement aux mains de son amant expérimenté. Lentement, Blanco lui dénuda les épaules qu'il caressa et embrassa aussi délicatement, provoquant un courant ascensionnel de frissons parcourant tout le corps en éveil de sa cavalière. Il ne cessa de la couvrir de caresses voluptueuses. Puis, il fit glisser délicatement sa robe, dont la très lente descente et sa douce matière satinée lui caressèrent davantage la peau, jusqu'à recouvrir délicatement la moquette moelleuse. Blanco découvrit d'autant mieux cette renversante chute de reins, dont le port des talons aiguilles accentua encore plus généreusement le galbe. Maintenant, le torse bombé et collé délicatement derrière elle, ses mains parcoururent le magnifique corps de Rachel, en lui effleurant à peine les seins aux formes meurtrières, dont le durcissement des tétons traduisait une irrésistible envie grandissante. Ses doigts effilés commencèrent à se crisper, par spasmes, sur les avant-bras de son habile cavalier. Ses soupirs s'intensifièrent, au fur et à mesure que les caresses se firent de plus en plus précises. Elle atteignait, maintenant, le summum du désir, ce fameux instant précis qui ne doit jamais basculer dans l'agacement. C'est le moment qu'elle choisit pour se retourner vivement face à son partenaire, qu'elle embrassa frénétiquement tout en lui ôtant les vêtements, lui arrachant même les boutons de sa chemise blanche. Elle s'allongea sur le dos, ouvrant ses magnifiques jambes aux muscles bandés d'excitation. D'un geste puissant, elle empoigna son acolyte, lui aussi enflammé, qui, à son tour, ne put résister à une étreinte ardente. Tel un gladiateur, il enfonça d'un assaut précis, son glaive dans la plus profonde intimité de sa proie, qu'il vit se cabrer à l'extrême. Ainsi, ils firent l'amour pendant une grande partie de la nuit, alternant moments de douceur, voire de jeux, et instants de fougue.

Au petit matin, ils furent réveillés par le room service qui livra deux copieux petits-déjeuners. La parfaite complicité de cette nuit torride laissa place à une perceptible pudeur chez la généalogiste, que Blanco essaya d'atténuer, en usant d'une question pas si innocente qu'il n'y parût.

---Je n'ai pas le souvenir de cette commande ? A moins qu'il s'agisse d'une heureuse anticipation ?

Esquissant un timide mais coquin sourire du coin des lèvres, affichant la moue du visage d'une petite fille prise sur le fait accompli, Rachel murmura délicieusement.

---Hier après-midi, Blanco.

Ils éclatèrent de rire et dégustèrent cette régénérante réjouissance amplement méritée.

---Lorsque tu as une idée derrière la tête, tu vas au bout de tes intentions. J'aime beaucoup cette détermination. C'est une qualité tellement rare de nos jours.

---C'est bien vrai, malheureusement. Autant dire que tu n'as rien à m'envier dans ce domaine.

Puis, sur un ton déjà empreint de mélancolie.

---Je dois repartir aujourd'hui pour Dunkerque. Mon patron me coupe les vivres sur ce dossier dans l'impasse. Je voulais te dire que j'ai énormément apprécié le peu de temps passé avec toi.

Le visage de Blanco s'assombrit ostensiblement.

---Finalement, je me serais vautré sur ta véritable personnalité ? Ce n'est pourtant pas dans mes habitudes de me planter à ce point.

---Je ne comprends pas le sens de ton propos ? En quoi aurais-je pu t'induire en erreur ?

Il surenchérit en fronçant les sourcils et en pinçant les lèvres, tout en lui lançant un regard provocateur, le menton haut.

---Tu imagines bien que je me suis aussi renseigné sur toi, depuis notre rencontre d'hier. Il m'a pourtant été avancé que tu ne lâchais jamais rien. Alors, qu'est-il advenu de cette redoutable « *chasseuse noire* » ?

Prenant un air d'acceptation, elle murmura sa réponse.

---J'imagine qu'une petite affaire de recherche d'héritier ne t'excite pas. Je le comprends aisément après toutes les grosses enquêtes que tu…

Blanco lui coupa la parole.

---Qui te dit qu'on ne va pas trouver quelque chose d'intéressant dans cette recherche qui, certes, paraît anodine ? Tu sais, d'un petit rien, j'ai parfois débouché sur des rebondissements invraisemblables, « *ce sont les petites rivières qui donnent les grands fleuves* ». Par expérience, il n'y a jamais de petites affaires.

Rachel se redressa d'un seul coup sur le lit, le visage soudainement lumineux et les yeux à nouveau pétillants. Juste le temps que sa ferme et généreuse poitrine stabilise le haut de sa nuisette satin rouge, elle interrogea son acolyte.

---Dois-je comprendre que tu as l'intention de m'aider dans mes investigations ?

---Oui. Je dois reconnaître que ton profil m'intéresse. Et je suis actuellement dans une impasse professionnelle. Cette affaire va me permettre de m'aérer un peu. Du moins, je l'espère.

---Je n'y crois pas. Merci, Blanco. Dans ce cas, ça change tout. J'appelle mon patron pour qu'il prolonge mon séjour à Paris.

Ils se serrèrent fermement la main, à l'ancienne, en guise de contrat moral pour sceller officiellement cette saisine si inhabituelle pour ce flic.

Chapitre 2 - Héritière controversée -

Tous deux se retrouvèrent, à l'heure méridienne, dans le fief du commandant, au restaurant « *Le 36 Quai* ». Lorsque Rachel pénétra dans cette enceinte, elle fut assaillie par cette atmosphère chargée d'histoires de flics. Après quelques pas hésitants, elle aperçut Blanco, comme s'il faisait partie du décor, déjà installé à sa table fétiche. Il tournait le dos au cadre de la photo grand format de *Jean Gabin*, *Lino Ventura* et *Alain Delon*, pointant leurs armes de poing, dans le célèbre film tourné à Rome en 1969, « *Le clan des siciliens* ». Le chef de la Crim' semblait plongé dans ses pensées, au point de ne pas la voir arriver. Ce qui était plutôt rare pour ce policier de métier, qui se positionnait tout le temps de manière que rien ne lui échappe. Mais sa situation professionnelle et cette surprenante rencontre, le déstabilisaient quelque peu.

---Bonjour, Commandant. A ce que je vois, vous ne craignez pas les maffieux.

Il fut surpris non seulement par cette arrivée qui lui avait échappé, mais aussi par la fraicheur et la beauté naturelle de sa resplendissante invitée. Ce qui d'ailleurs, l'empêcha d'esquisser le moindre geste. Elle lui fit la bise avant de s'asseoir en face de lui et des trois braqueurs, sans qu'il n'eût le temps de lui tirer la chaise. Il était, certes, plutôt rustre professionnellement, mais ça ne le privait jamais d'être galant à l'endroit de la gent féminine. Là, il avait failli.

---La peur n'a jamais évité le danger. Désolé, Rachel, je n'ai pas prêté attention à ton entrée.

---Ce n'est pas grave, Commandant. Qu'est-ce qui vous absorbe autant ?

---Oh, rien de bien méchant. Je suis juste nostalgique de la bonne époque. Il faudrait que je parvienne à accepter le changement. Mais à quoi bon ? Je ne ferai, de toute façon, jamais aussi bien qu'avant. Mon bon temps est révolu, la fracture générationnelle entre les nouveaux commissaires et les anciens « patrons » est maintenant irréversible. Je n'y trouve plus ma place et ne revivrai jamais l'ambiance de l'ancien « 36 ». Peut-être faudrait-il que je laisse la place à la nouvelle génération pour qu'elle illustre la page blanche de ce nouveau lieu du 36, rue des Bastions ? Il y a des policiers d'excellentes factures qui deviendront, sans nul doute, des flics expérimentés. J'en veux pour preuve mon adjoint, le Capitaine Vélasquez, qui en prend la bonne direction, idem pour le petit Karim, un tout bon Lieutenant issu du neuf-trois. Mais bon, je ne vais pas pleurnicher sur mon sort. Je ne suis pas le seul dans ce cas. Et tu pourrais me tutoyer, ma très chère Rachel ?

---Avec grand plaisir, Blanco. Tu traverses un passage obligé pour un gars de ta trempe. Ton incroyable réputation n'est plus à faire. Il te reste sans doute une mission non moins primordiale. Passer le relais pour que survive ton ADN.

Il reprit une position plus favorable en avançant les coudes sur la table et en positionnant les mains, aux doigts croisés, sous le menton. Il avisa sa partenaire quelques secondes, avant de donner le tempo du déroulement de l'enquête.

---Pendant que nous déjeunerons, tu me résumeras tes diligences. Ensuite, nous éplucherons ton dossier, point par point, « *on ne doit laisser aucune pierre non retournée* ». Nous devons respecter les fondamentaux et ne rien laisser au hasard. Notre premier objectif consistera à contourner le difficile obstacle de ce statut d'accouchement sous X… Ça te va ?

---C'est toi le patron, Commandant.

Leurs rires généreux s'atténuèrent à l'arrivée de la patronne du resto, Simone, une figure parisienne.

---Quel plaisir de te revoir Blanco. Surtout en si bonne compagnie. Où étais-tu passé depuis ce fichu déménagement ?

---Content de te voir aussi, taulière.

---Mes petits poulets me manquent terriblement, surtout toi. L'histoire se termine, les futurs flics du nouveau 36 ne fréquenteront certainement jamais mon établissement. Je survivrai de nos légendaires souvenirs. Mais passons, je suis vraiment très heureuse de te voir.

---C'est gentil. Je te présente Rachel, une amie généalogiste de Dunkerque.

---Enchantée ma belle. Tu es bien la première à manger à la table du Commandant. J'en suis jalouse.

Les deux femmes, déjà complices, rirent aux éclats. Ce qui sembla quelque peu gêner Blanco qui n'esquissa qu'un léger sourire de circonstance. Puis, il détourna adroitement le sujet, en passant commande de son éternelle tête de veau, après l'avoir vivement préconisée à sa ravissante invitée. Pour détendre définitivement l'atmosphère, Rachel déclara, sur un ton humoristique.

---Pour ce midi, je pense qu'il serait plus sage de s'abstenir du sulfureux accord de la « *téquila Blanco* » et du « *black Russian* ». Un dur labeur nous attend.

Les sourires reprirent entre les deux vis-à-vis. Rachel commença son second oral, après celui de la veille au « 36 ». Blanco parvint, une nouvelle fois, à faire abstraction de la beauté naturelle de sa candidate, afin de ne pas parasiter la parfaite compréhension du dossier. Le copieux repas se déroula sous les meilleurs auspices, raisonnablement arrosé du fétiche Bordeaux supérieur de la patronne. Vin dont la puissance du tanin se maria merveilleusement bien au fort tempérament des deux hôtes. La taulière leur offrit un café gourmand à partager. Elle savait que Blanco ne prenait jamais d'expresso à cette heure, sinon c'était la nuit blanche assurée. Déjà qu'il dormait peu. Il préféra apprécier son rituel digestif italien, un rafraichissant *limoncello*. Fidèle à la coutume ch'ti, la généalogiste, fervente adepte de cette substance caféinée, s'en délecta avec les succulentes mignardises. Puis, la table débarrassée, ils se mirent encore plus sérieusement au boulot. Blanco harcela Rachel d'un flot ininterrompu de questions plus pertinentes les unes que les autres.

Face aux réponses quasi-automatiques de l'interrogée, le commandant fut entièrement convaincu qu'elle n'avait pas ménagé sa monture. Rachel connaissait remarquablement son dossier. Toutes les voies officielles avaient été sollicitées. Les services des archives municipales n'avaient apporté aucun nouvel élément, que ce soit à la mairie de Dunkerque, à l'état-civil de Paris 12ème ou au recensement de la population. Seul, le singulier statut d'accouchement sous X..., du défunt, Alphonse Durant, représentait l'obstacle infranchissable. D'autant, qu'au cours de l'enquête, aucun signe de vie n'avait été identifié dans son entourage. Même sauce auprès de la Sécurité Sociale, de la Caisse d'Allocations Familiales, des Impôts, du Fichier National des Testaments, ainsi que des recherches sur le site geneanet. Rachel n'avait découvert aucune légitimation sur l'acte de naissance de l'isolé défunt. Les nombreuses sollicitations des voies officieuses s'étaient également révélées infructueuses malgré les moultes démarches auprès de ses contacts privilégiés des différentes institutions. Nonobstant le perceptible essoufflement de sa nouvelle coéquipière, Blanco poursuivit son débit incessant d'interrogations.

---Es-tu parvenue à accéder à son dossier médical ?

---Officieusement. Son contenu laissait apparaître un état dépressif récurrent, ainsi qu'un traitement contre une dermatoporose précoce.

---Et son ancien boulot ?

---Il était pêcheur, malgré sa maladie de peau, pour laquelle il devait se protéger des UV. J'ai retrouvé une ancienne poissonnière qui lui achetait sa pêche. Elle le décrivait comme quelqu'un de taciturne, à la limite de l'asociabilité, bien que toujours très poli et honnête. Il pratiquait de manière artisanale, seul, sur son petit bateau. Il ne traînait jamais dans le secteur, ne fréquentait pas les bars des pêcheurs. Même retour de ses voisins qui le présentaient comme quelqu'un de courtois mais très réservé et toujours esseulé. Il avait confié, une seule fois, à la boulangère, son mal-être inexpliqué, comme s'il ressentait, en permanence, un manque de quelqu'un ou de quelque chose.

---Elle semble incroyable cette affaire, Rachel. Tu as scrupuleusement épluché tous les éléments exploitables du dossier. Je dirais même, bien plus qu'il ne t'était permis de le faire légalement. Pourtant, tes nombreux efforts déployés n'ont pas permis de mettre à jour ne serait-ce qu' une infime trace de vie dans l'entourage de ce pauvre gars. C'est comme s'il n'avait jamais existé réellement. C'est consternant, il a fallu qu'il meurt pour qu'on s'intéresse à lui.

---Je sais, j'ai fait le même constat affligeant. Je n'avais jamais failli à mes précédentes missions, mais, comme évoqué, je me suis heurtée au mur totalement hermétique des archives départementales et hospitalières relativement à l'accouchement sous X…

---D'où proviendrait son nom de famille, Durant ?

---Depuis sa naissance, il a été placé dans plusieurs foyers, familles d'accueil et pensionnats. Mais aucune adoption n'a pu aboutir du fait d'un comportement trop introverti et dérangeant. La présence en permanence d'une épaisse crème de protection recouvrant son visage effrayait les potentiels parents adoptifs. Il semblait ne pas se supporter lui-même et fuyait la lumière du jour. Son nom de famille, Durant, lui a été donné par le directeur d'une structure de l'Aide Sociale à l'Enfance, tout simplement parce que sa naissance avait eu lieu « *durant* » la Seconde Guerre mondiale. D'autant que l'association de ces nom et prénom ne connaissait aucun autre utilisateur en Ile-de-France.

---Je comprends, Rachel. C'est aussi attristant que plausible. De toute façon, il fallait bien qu'on lui procure un blase, au pauvre Alphonse.

Un silence oppressant alourdit l'atmosphère devenue lourde autour de la table. Songeurs, les deux vis-à-vis s'observèrent un long moment. Puis, pour mettre un terme à cet infertile temps suspendu, Blanco reprit sur un ton plus rassurant.

---Bon, écoute-moi bien, Rachel. Ce que je vais te dire revêt d'une extrême confidentialité. A ce stade, je ne dispose guère que d'une source officieuse susceptible de nous permettre de sortir de cette impasse. Autrefois, j'ai travaillé sur une affaire criminelle dans laquelle l'un des co-auteurs était né sous X…, comme notre pauvre défunt, Alphonse Durant. Mon contact privilégié de l'époque m'avait informé, tout-à-fait officieusement, que la mère de ce malfaisant n'avait laissé aucune trace de parenté lors du dépôt de son nouveau-né. Pour autant, dans ces cas si particuliers, il arrive parfois qu'une identité et le motif de l'abandon du bébé, remis au service de l'Etat, soient conservés sous enveloppe scellée, si la génitrice l'a souhaité. Espérons que nous serons dans cette situation, sinon tu devras admettre que ton dossier sera définitivement clos.

Les traits de visage de la généalogiste oscillèrent entre la peur de devoir enterrer à jamais son enquête et, *a contrario*, l'espoir que le contact confidentiel du commandant la fasse rebondir.

---Je vais croiser les doigts pour que cette inespérée enveloppe scellée existe réellement. En quoi pourrais-je t'être utile ?

---En rien, pour l'instant. Tu peux aller t'aérer un peu l'esprit dans les charmantes rues de Paris, en attendant. Je me charge de partir au renseignement, seul. Il vaut mieux que tu en saches le moins possible. C'est préférable pour ma source. Je t'apporterai la réponse à l'hôtel, vers 21 heures.

---Tu penses déjà l'obtenir pour ce soir ?

---Oui, ne t'inquiète pas, ce ne sera qu'une simple formalité, c'est mon métier, ma belle. Maintenant, cette quête sera-t-elle positive ? Je ne peux le garantir. Croisons les doigts, comme tu le dis si bien.

---Je suis prête à tout entendre. Merci mille fois, Blanco. Sans toi, je serais totalement impuissante.

Quelques heures plus tard, à 21 heures précises, Blanco, toujours vêtu de son perfecto en cuir noir, de son jean *Levis* bleu clair, de sa fétiche chemise blanche, fit retentir le claquement des talons de ses boots noirs sur le sol en marbre du hall de l'hôtel Alexandrie. Il aperçut aussitôt sa coéquipière de circonstance, qu'il surprit.

---Alors, Rachel, comme tu peux le constater, il arrive, parfois, que la police soit à l'heure !

Cette entrée en matière la fit sursauter et l'extirpa de la profondeur de ses songes. Revenant sur terre, elle signala déjà son impatience.

---Allez, dis-moi vite ! C'était insoutenable d'attendre ton retour.

Le commandant s'amusa quelque peu de cette légitime précipitation. Il prit juste le temps d'un air suffisant, uniquement pour la titiller un peu, toutefois, sans atteindre l'irritation.

---Du calme, Madame. Où est mon « *black Russian* » ?

---Garçon ! Un « *black Russian* » pour Monsieur, s'il vous plait ! Allez Blanco, dis-moi !

---Bon, je vais abréger ton calvaire. Nous bénéficions d'une chance inouïe, eu égard à cette terrible époque de la Seconde Guerre mondiale. La mère du défunt avait laissé une enveloppe cachetée contenant son identité ainsi que le motif de l'abandon du petit Alphonse, ce fameux 6 janvier 1944. Il s'agirait de Madame Irma Ventut.

---Non, ce n'est pas croyable. Comment as-tu fait ?

---J'ai simplement bénéficié d'une source fiable et proche du dossier d'accouchement sous X… Mais, comme évoqué précédemment, moins tu en sauras à ce sujet, mieux ce sera pour tout le monde. Parfois, dans l'intérêt collectif, il faut savoir être *borderline*.

---Je comprends, c'est normal, l'essentiel est d'avoir obtenu ce précieux renseignement. Où peut-on la trouver ? Est-elle encore en vie ?

---Par chance, elle vit toujours, malgré ses 95 ans. J'ai avancé sur le dossier car je ne voulais pas te souffler le chaud et le froid. Nous sommes attendus, demain à 9 heures, dans son E.H.P.A.D. à Créteil, dans le neuf-quatre.

Rachel, les yeux humides et les joues rosies, sauta de joie et l'embrassa fermement sur la joue. Blanco, un peu décontenancé par cet assaut si soudain, lui, si peu expressif en public, remarqua que cet énergique baiser ne laissât pas l'assistance indifférente. Ils trinquèrent à la réussite si importante de la première étape et firent retentir les verres de « *tequila Blanco* » et de « *black Russian* ». Ils n'attendirent pas l'effervescence du troisième cocktail, à l'instar de la veille, pour investir la chambre qui fut témoin d'une nouvelle nuit torride.

Dès potron-minet, ce 6 septembre, ils se revigorèrent d'un nouveau copieux petit-déjeuner servi au lit, avant de se doucher sagement et de s'engager sur le périphérique en direction de Créteil. Circulant, dans un premier temps, au ralenti, dans les incontournables bouchons parisiens, Blanco en profita pour ébaucher la stratégie d'approche à l'endroit de cette vieille dame de 95 printemps. Il avait été briefé par l'infirmière de l'E.H.P.A.D., une de ses connaissances, que madame Ventut, si son état de dépendance physique et son niveau de fatigue paraissaient plutôt marqués, présentait toujours une étonnante vivacité de ses facultés mentales, ainsi qu'un fort tempérament, la distinguant singulièrement de ses colocataires.

Lassé par ce pénible surplace, le pilote, agacé par la perte de temps, fit abstraction des principes déontologiques en usant et abusant de son gyrophare pour enquiller à vive allure sur la file de sécurité, à l'extrême droite des quatre voies du *périph*. Rachel s'accrocha fermement à la poignée du plafonnier. Le bruit assourdissant de la sirène, inhabituel pour elle, lui augmenta sensiblement le rythme cardiaque, ce qui amusa quelque peu le commandant. Cette conduite sportive leur permit d'arriver à l'heure au rendez-vous. Les deux coéquipiers étaient accueillis par la jolie infirmière, Sana, qui souffla la braise et la glace. En effet, si elle fit la bise chaleureusement à Blanco, *a contrario*, elle serra froidement et fermement la main de la généalogiste, en la dévisageant. Puis, elle s'adressa au commandant, sur un ton cinglant.

---Tu ne m'avais pas dit que vous étiez deux !

---Ah oui, désolé, Sana. J'ai oublié de te le préciser. Voici Rachel, une connaissance généalogiste.

L'infirmière interpella Blanco sur un ton inquisiteur.

---Rachel ?

Percevant le malaise, l'intruse crut opportun de se présenter elle-même.

---Enchantée, Sana. Je suis madame Rachel Trakkof, généalogiste à Dunkerque. J'ai sollicité le commandant dans le cadre d'un dossier de recherche d'héritier…

Incapable de masquer une évidente pointe de jalousie, Sana lui coupa, net, la parole en l'ignorant ouvertement du regard et en s'adressant aussi directement que fermement à son ami flic.

---Bon, trêve de bavardage, j'ai suffisamment de boulot comme ça. Suivez-moi ! J'ai déjà installé madame Ventut dans le solarium, à l'arrière du bâtiment. Je vais ajouter une chaise pour Madame la généalogiste. Fais tout de même assez vite, Blanco. Elle paraissait très angoissée ce matin, lorsque je lui ai annoncé ta visite. D'ailleurs, elle n'a rien pu avaler de son petit-déjeuner et a vomi tous ses médicaments. Ce qui n'est pas dans ses habitudes.

Ils aperçurent ce petit bout de vieille femme, presque centenaire, qui se tenait là, assise, comme enfouie dans son fauteuil médicalisé paraissant d'autant plus immense. La tête baissée, au point que le menton soit en contact avec le haut de son torse, les mains dissimulées entre ses jambes, les pieds cachés sous le siège, son apparence donna l'impression que son corps se repliait pudiquement sur lui-même. Cette position recroquevillée accentua davantage le poids de sa vieillesse, de sa lassitude et, peut-être, d'un profond secret qui semblait peser lourdement sur ses frêles épaules. Son regard vide augura, sans aucun doute possible, qu'elle était plongée dans ses mémoires, vraisemblablement préoccupée par ce lourd passé qui allait irrémédiablement la rattraper. Un soudain rayon de soleil éclaira opportunément son visage si pâle, dont les sourcils avaient été effacés par l'implacable usure du temps. A la vue de l'approche du duo, ses mains usées, crispées et tremblotantes, sortirent de leur rassurante cachette, remontèrent lentement et se frottèrent, du haut vers le bas, sur son visage ridé. Ses cheveux blancs, exsangues de mélanine depuis presqu'un demi-siècle, bien que tirés à l'extrême vers l'arrière, ne parvenaient pas à en réduire les rides horizontales, dites d'inquiétude. Lesquelles avaient pris, avec le temps, très nettement le pas sur celles du bonheur. A force d'observation, d'analyse et d'expérience, Blanco avait développé le don de reconnaître les caractéristiques de chaque individu, uniquement en observant les traits de visage, fut-ce même subrepticement. Ainsi, il comprit immédiatement, en la scrutant, que cette vieille dame renfermait un lourd secret au creux de sa conscience. Il constata, au long soupir s'extirpant lentement de ses lèvres effacées, recouvertes d'une couleur grisâtre, et à l'étincelle éclairant soudainement ses yeux jusqu'alors si éteints, qu'elle allait déclencher les hostilités.

---Je saisis parfaitement la raison de votre visite annoncée ce matin par Sana, Commandant. Mais, je ne comprends pas l'intérêt de faire ressurgir les horreurs d'un passé si lointain ? Même s'il m'est omniprésent au quotidien.

Blanco savait adapter son interrogatoire à toute personnalité. Il adopta le style empreint de compassion.

---Nous partageons votre sentiment, Madame Ventut. Pour autant, notre enquête ne pouvait trouver d'issue favorable qu'en vous sollicitant. Cependant, vous devez savoir aussi, au vu de votre riche expérience de la vie, que parfois, le cœur a ses raisons que la raison ignore.

Comme par enchantement, l'image de cette vieille dame sembla rajeunir de quelques années. Son corps se déploya, certes, à la vitesse du paresseux, mais tout de même perceptiblement. L'œil se fit un peu plus vif et le verbe légèrement plus haut.

---Qu'en savez-vous, si vous n'avez pas vécu les évènements ?

Ce flic, aguerri aux auditions nettement plus complexes, savait que toute erreur de style pouvait faire taire à jamais la nonagénaire. Il reprit sur un ton très bas, plus approprié, mais suffisamment audible pour que ses oreilles usées entendent son propos.

---Je suis persuadé que vous avez vécu quelque chose de réellement traumatisant à cette époque. Sachez que ça ne fait pas l'ombre d'un doute dans mon esprit. Cependant, je suis convaincu qu'on ne décide pas de laisser volontairement une trace indélébile, sans l'espoir qu'un jour ou l'autre, quelqu'un puisse découvrir cette vérité pour la transmettre. N'est-ce pas, Madame Ventut ?

La perspicacité du commandant eut pour effet immédiat de faire baisser le regard de la vieille femme, laquelle s'enferma de nouveau dans sa méditation. Pendant quelques éternelles secondes, le temps s'arrêta, comme suspendu au silence si pesant. La petite dame resta plantée là, immobile, immaculée de la moindre expression, profondément replongée dans son passé douloureux, le souffle à peine perceptible. Très délicatement, Blanco lui prit ses vieilles mains froides et tremblotantes autant d'âge que d'émotion, pour les positionner entre les siennes, à la chaleur si réconfortante. De ce geste fort à propos, il obtint habilement l'effet escompté, en plus de la compassion qu'il manifesta sincèrement à l'endroit de son auditionnée. Irma Ventut inspira et expira longuement, avant de reprendre la parole avec résignation.

---D'accord, vous avez raison. Je suis effectivement la mère du petit Alphonse. Je m'en veux encore terriblement, aujourd'hui, de m'être débarrassée de lui de cette manière. J'aurais peut-être dû le garder, d'autant que je n'en ai jamais eu d'autre, ni avant, ni après lui. Ce gosse était malheureusement le douloureux fruit d'un viol collectif dont j'avais été victime de la part de soldats du IIIème Reich, un soir de nuit noire, alors que je marchais seule dans une rue déserte de la capitale sous l'occupation allemande.

La vieille dame éprouva le besoin de souffler quelques instants, puis, encouragée par la gestuelle chirurgicale du commandant, elle reprit sa narration.

---A l'époque, l'interruption volontaire de grossesse était interdite et, de surcroît, très sévèrement condamnée. Dans le désespoir, sans famille, sans un sou, sans toit, j'ai accouché sous un porche, presque dans la rue. Puis, j'ai déposé le petit à l'hôpital Rothschild, dans le 12ème arrondissement. Une dame des services sociaux m'y a informée de la possibilité de laisser mon identité sous enveloppe cachetée. Je ne sais toujours pas pour quelle raison je l'y ai déposée.

En son for intérieur, Rachel jubila à l'idée d'identifier, enfin, la seule et unique héritière du pauvre défunt, Alphonse Durant. Elle parvint à contenir son indescriptible joie, eu égard à l'effroyable récit de cette vieille dame. Un orgasmique volcan incontrôlable explosa en elle jusqu'à lui titiller le bas-ventre. Ce qui ne manqua pas de lui rappeler, d'ailleurs, ses deux folles dernières nuits. Cet état euphorisant lui provoqua une soudaine envie de Blanco. Elle ne laissa rien paraître, même si son regard envers son partenaire demeura sans équivoque. Elle continua à l'observer intensément. Tout semblait si simple pour ce flic, qui resta concentré sur son rôle. La *call-girl* de luxe avait vu juste, seul Blanco avait pu lui venir en aide. Quant à lui, à cet instant, plus rien ne sembla lui importer, seuls les aveux de la vieille dame l'accaparèrent. Il s'était désolidarisé de son proche environnement, tenant toujours les mains toutes fripées de la narratrice, dans les siennes. Un geste qu'il pensa avoir été salvateur dans cette terrifiante déclaration. Malheureusement, plus le récit progressa, plus l'état de santé de la vieille femme dépérit. Atteignant d'ailleurs un seuil critique, lorsque le commandant évoqua une éventuelle comparaison d'ADN avec son défunt fils. C'est le moment que choisit Sana, l'infirmière, pour couper court autoritairement à l'entretien. De toute façon, à l'évidence, il aurait été inutile de poursuivre, la vieille dame s'était de nouveau réfugiée dans ses pensées, comme pour se protéger. Sa cadence respiratoire inquiéta sérieusement la très jolie infirmière.

---Je crois que ça suffit, maintenant. Elle semble très éprouvée.

Blanco sortit de sa figuration.

---Tu as raison, Sana. Encore merci de nous avoir permis de l'entendre malgré sa palpable fatigue. Je t'en suis très reconnaissant.

---Je vous raccompagne. J'emmènerai Madame Ventut dans sa chambre, un peu plus tard, lorsqu'elle aura récupéré quelques forces.

46

Attendant que la généalogiste prenne place dans la voiture, Sana avisa Blanco.

---Dis-moi, c'est qui cette bombasse ? Tu la connais depuis longtemps ?

Le commandant, un premier temps indisposé par cette question inattendue, retorqua.

---Ecoute, Sana. Je ne veux rien engager de sérieux avec qui que ce soit. Tu connais ma position là-dessus. Je n'imposerai mon caractère à personne dans la mesure où j'ai, moi-même, parfois du mal à me supporter. Ta démonstration de femme jalouse, tout à l'heure, était vraiment déplacée, surtout dans un contexte professionnel. Si tu veux le savoir, oui, j'ai couché avec elle ces deux dernières nuits. Mais tu sais aussi qu'il n'y aura pas, là non plus, la place à une relation suivie. Je suis désolé, Sana, nous en reparlerons quand nous serons mieux disposés. Encore merci de m'avoir accordé cette rencontre si importante avec cette vieille dame.

---C'est normal, Blanco. Mais pour revenir juste un instant sur ta personnalité atypique et attachante, tu dois savoir que ton comportement nous rend dépendantes, j'espère que tu en es conscient. Il vaudrait mieux que tu te conduises comme un salaud, tu comprends ? Tu fais du mal sans le savoir, avec tes manières de gentleman.

Blanco tourna les talons et monta dans la voiture. Il respira un grand coup avant de démarrer.

---Merci, Blanco ! Mille mercis ! J'appelle mon boss, je pense qu'il ne va pas en croire ses oreilles. Et nous, on va fêter la clôture de ce fichu dossier !

---Avec plaisir. Je te dépose à l'hôtel et je t'y rejoindrai vers 21 heures.

---Tu ne restes pas avec moi ? Il y a un problème ?

---Non, j'ai juste besoin de réfléchir, comme à la fin de chaque affaire. Je fais toujours mon auto-critique pour être certain de ne pas être passé à côté d'un élément important, voire de l'infime détail qui m'aurait échappé. D'autant que cette enquête de recherche d'héritier m'a paru un peu trop facile. On ne sait jamais, « *la prudence est mère de toutes les vertus* ». Après cette phase d'analyse, j'en refermerai définitivement le chapitre, avant de reprendre le cours normal des choses.

Il compte parmi ces rares flics, tellement imprégnés de leurs rôles et de ceux de leurs coacteurs, qu'il aspire toujours à une nécessaire étape de repli sur soi, en s'isolant dans une sorte de caisson de décompression. En général, le commandant Blanco se coupe totalement de son environnement pour recouvrer sa véritable personnalité et, surtout, faire le deuil de ses partenaires de jeux. Il était fréquent qu'au cours de sa carrière, après avoir traqué des bandits de grands chemins, pendant des semaines, parfois, après des surveillances téléphoniques de plusieurs mois, qu'inconsciemment, ceux-ci fassent partie intégrante de son environnement, de sa vie tout court. Tel le syndrome qui touche bon nombre d'acteurs à la fin d'un tournage prégnant, il restait de temps à autre emprisonné dans son personnage et sombrait dans une relative mélancolie.

Sur le chemin du retour, il resta plutôt muet, contrastant avec le flot incessant de paroles de Rachel qui s'en donna à cœur joie auprès de son patron. Blanco la déposa à l'hôtel, une heure et demie plus tard, et reconfirma le rendez-vous du soir. Elle l'embrassa, puis il reprit la route, sans même se retourner. Encore sous le coup de l'excitation, elle ne s'aperçut aucunement que son coéquipier de circonstance était ailleurs. Il se rendit directement chez lui et se mit au lit à midi. Il aurait été incapable d'avaler un quelconque aliment, il ne savait pas s'il avait besoin de dormir ou de réfléchir, empreint d'un étrange sentiment sur cette affaire d'héritier. Toujours est-il que la nature décida pour lui, il s'endormit sans même s'en rendre compte.

Vers 15 heures, il sortit subitement d'un profond sommeil et se dressa droit comme un « i » sur son lit, les draps trempés par le ruissellement de sueur, qui coula encore le long de son échine. C'était plutôt un mauvais présage après la clôture d'une affaire. Ça voulait dire que quelque chose clochait dans cette enquête. Lorsque c'était le cas, souvent la solution le réveillait. Son instinct et les détails de l'entretien de ce matin avec la vieille dame, lui taraudèrent le cerveau. Était-elle réellement la mère du défunt, Alphonse Durant ? Il en fut moins sûr. Tout d'abord, au cours de l'entretien, cette femme n'avait évoqué que son abominable vécu et ses difficultés de vie sociale à l'époque de l'occupation allemande. Une mère, normalement constituée, aurait sans doute été peinée d'apprendre la mort de son fils, quand bien même les conditions exceptionnelles d'accouchement sous X…pouvaient réduire quelque peu l'instinct maternel. Or, elle n'avait abordé que son propre triste sort. Puis, à aucun moment, elle ne s'était intéressée à la vie de son enfant, voire aux conditions de sa disparition. Et ça, ce n'était pas l'attitude d'une vraie maman. Enfin, et surtout, lorsqu'il lui avait été avancé une éventuelle comparaison d'ADN, elle avait feint un malaise anormalement brutal. D'ailleurs, avec le recul, Blanco le jugea disproportionné, comparé à la pression constante des mains de la vielle dame dans les siennes.

---Putain de merde ! Ce n'est pas la mère du défunt !

Se passant juste la tête sous l'eau froide, Blanco reprit immédiatement la route de l'E.H.P.A.D., abusant de l'usage de son gyrophare. A peine une heure plus tard, il se trouva déjà face à son amie infirmière. Laquelle, nonobstant l'empressement et, surtout, l'inquiétude affichée sur le visage de son ami flic, l'avisa ironiquement.

---Si je pensais te revoir de sitôt, je ne savais pas que je te manquais à ce point, Blanco ?

---Trêve de plaisanteries, c'est très sérieux, Sana. Je suis maintenant quasi-persuadé que la vieille dame m'a menti ce matin. J'ai l'étrange sentiment qu'elle n'est pas la mère du défunt, Alphonse Durant.

---Tu étais sans doute trop accaparé par la beauté plastique de ta généalogiste.

---Arrête, Sana. Ça devient lourd, maintenant. D'autant que tu n'as rien à lui envier. J'ai un dernier service à te demander.

La jolie infirmière, à la peau dorée et au doux parfum de miel méditerranéen, s'amusa quelque peu avec son amant intermittent. Pour une fois, elle fut seule maître de leur temps et afficha un sourire aguichant.

---Tu es conscient que ça va te coûter plus d'une soirée ?

---Sana, s'il te plait, j'ai absolument besoin de reparler à madame Ventut.

Elle lui répondit d'un air sincèrement désolé.

---Tu es arrivé un poil trop tard. Elle a dû être hospitalisée au C.H.U. Henri Mondor. Ton interrogatoire a eu des répercussions néfastes sur son état de santé qui s'est soudainement dégradé en milieu d'après-midi. Nous avons pris la décision de la faire évacuer, il y a une demi-heure, à peine.

---Mince, j'aurais dû t'appeler avant de venir, je ne m'y attendais pas. Je peux te demander une dernière faveur pour consulter son dossier médical ?

---Mais tu tiens vraiment à ce que je perde mon boulot. Tu connais les restrictions en matière de confidentialité médicale. Que veux-tu savoir exactement ?

---Je souhaite juste vérifier si elle a eu d'autres enfants ou si elle pouvait en avoir. Je suis conscient des risques que je te fais encourir mais je reste persuadé que la finalité en justifiera les moyens.

---Bon d'accord. En revanche, tu ne m'accompagnes pas dans la partie administrative, ce sera plus discret si je regarde seule. Et toi, ne profite pas de mon absence pour séduire une petite mamie de l'établissement.

---Non, fais-moi confiance. Merci pour ce que tu fais, Sana. J'ai le pressentiment que cette affaire va connaître d'étonnants rebondissements.

Blanco savait pouvoir compter sur cette magnifique infirmière dont les parents étaient originaires de la Tunisie. Il avait rencontré cette superbe fille élancée à la suite d'une blessure à la cheville contractée lors d'un championnat de France de police de karaté. Mère célibataire d'une quarantaine d'années, refroidie par la gent masculine, elle se contentait de quelques dîners suivis d'effusions érotiques avec lui. Très prise par son activité professionnelle, Sana consacrait le reste du temps à ses deux enfants.

Piaffant d'impatience, le commandant fit les cent pas dans le hall d'accueil vide et désuet, ses neurones s'entrechoquaient à l'idée de découvrir les dessous de cette enquête, au départ si anodine. Un quart d'heure plus tard, son amie revint vers lui, le regard plutôt grave.

---Tu avais raison, Blanco. Madame Ventut ne peut-être la mère du défunt. Et pour cause, son dossier médical stipule, très clairement, qu'elle n'a jamais eu la capacité d'en avoir. Alors, pourquoi a-t-elle reconnu avoir accouché sous X...en 1944, ce matin ?

---J'en étais sûr. Eh bien, chapeau bas, on peut dire que cette vieille dame a gardé suffisamment de verve pour me manipuler si adroitement. Crois-moi, je vais découvrir le pot aux roses.

---Dans ce domaine, je te fais entièrement confiance.

---Encore merci, Sana, ton intervention est capitale. Je t'appellerai dès que j'aurai découvert l'anguille sous roche. Cette affaire commence très sérieusement à m'intéresser.

Il tourna les talons à 180° et disparut aussi vite qu'il était arrivé.

A 21 heures précises, la ravissante généalogiste attendait impatiemment son prince charmant, à l'une des plus belles tables du restaurant, la bouteille de champagne « *Dom Pérignon* », excusez du peu, baignant dans l'éclatant seau à glace à la hauteur de son contenu. Rachel était resplendissante, s'attendant sans doute à vivre une troisième nuit mouvementée. Mais son engouement fut vite refroidi lorsqu'elle le vit arriver armé d'une mine défaite. Qu'allait-il lui annoncer de si désagréable ? Elle espéra que le commandant ne lui confirmerait pas le doute qu'elle ressentit dans sa chambre d'hôtel, une heure auparavant, alors qu'elle se préparait pour la soirée. L'idée que madame Ventut ne soit pas la véritable mère du défunt, Alphonse Durant, lui avait également effleuré l'esprit. Il s'assit devant elle, sans, *a minima*, en respecter les principes élémentaires de politesse. Il ne l'épargna pas d'enrobage futile.

---On s'est lamentablement plantés, Rachel. Cette vieille femme nous a bien bernés en nous trimbalant avec sa pseudo-histoire de viol collectif, soi-disant commis par cette patrouille d'occupants allemands. Je détiens la preuve irréfutable qu'elle ne peut pas être la mère du défunt, Alphonse Durant. Elle n'en est donc pas l'héritière.

---Le pauvre doit se retourner dans sa tombe. Je ne suis qu'à moitié étonnée, j'ai eu ce pressentiment, il y a à peine une heure.

---Je préfèrerais qu'il en soit autrement. Cependant, la confirmation est incontestable. Le dossier médical de cette vieille dame, dont je n'aurais pas dû bénéficier de la connaissance du contenu, précise très explicitement qu'elle n'a jamais pu avoir d'enfant. Son état de stérilité a été diagnostiqué dès sa post-adolescence.

---Mais alors, pourquoi nous a-t-elle réitéré cette fausse déclaration, ce matin ? Il y a un élément qui m'échappe tout de même. Dans quel but aurait-elle indiqué son nom dans l'enveloppe scellée, ce fameux 6 janvier 1944 ?

---C'est justement ce qu'on va se charger de découvrir, Rachel. La vieille femme a été transportée en urgence au C.H.U. Henri Mondor à Créteil et immédiatement placée en observation. J'ai pris les devants en contactant un ami médecin qui bosse là-bas. Heureusement, l'état de santé de Madame Ventut s'est enfin stabilisé. Nous sommes exceptionnellement autorisés à la voir demain à 10 heures. Je passerai te prendre à 8 heures 30.

---J'imagine que tu ne restes pas ce soir ? Priorité au boulot ?

L'ambiance était devenue aussi froide que la température intérieure du seau à glace dont les glaçons se figèrent, telle une banquise en formation. Blanco, très embarrassé, tenta aussitôt de justifier son changement de posture.

---Comme tu dis, Rachel. De toute façon, je suis toujours engoncé dans une sorte de carcan, en pleine affaire. Plutôt du genre « mauvaise compagnie », surtout en pareille incertitude. Je n'ai jamais su faire la part des choses lorsque je mène une enquête aussi énigmatique. Mon esprit ne m'appartient plus vraiment, je deviens quelqu'un d'autre qui ne manifeste plus aucune envie. Si ce n'est celle d'atteindre l'objectif coûte que coûte. Malheureusement, je ne changerai plus à mon âge. Le seul point positif est que, dorénavant, ton dossier de recherche d'héritier me captive. Ça faisait un moment que cela ne m'était pas arrivé. Merci. Je passe te prendre demain, 8 heures 30, comme convenu.

---Je suis déjà impatiente d'y être. Et ne t'inquiète pas pour le reste, le *Dom Pérignon* sera encore meilleur la prochaine fois.

Il quitta l'établissement hôtelier sans même se retourner vers la généalogiste qui comprenait encore mieux, maintenant, tout le sens de l'expression de l'*Escort-Girl*, l'autre soir, « *lorsqu'il tient un os, il ne le lâche plus, il le ronge jusqu'à la moelle* ». La soirée était inévitablement gâchée, mais l'espoir qu'ils élucident cette affaire, l'emporta très largement. Elle masqua parfaitement sa déception, nettement compensée par l'idée d'avoir rallumé l'étincelle dans les yeux de ce flic invétéré.

La nuit allait être courte pour les deux enquêteurs, impatients d'en découdre le lendemain, avec la pseudo-mère du défunt.

Chapitre 3 - Nouvelle piste -

A 8 heures 30, le commandant, toujours aheuré, attendait sa coéquipière devant l'entrée de l'hôtel. Ses traits tirés laissaient présumer qu'il avait gambergé la majeure partie de la nuit, comme souvent lorsqu'une de ses affaires judiciaires stagnait. Il reçut le coup de fil quotidien de son fils, Adam.

---Alors, *padré* ? Tu as pu convenir d'une date pour ton prochain voyage en terre dubaïote ?

Blanco, toujours plongé dans ses interrogations, répondit évasivement.

---Salut, *son*. Non, pas encore. Je dois me poser pour prendre le billet.

---Oh ! Tu as repris le boulot, toi, *padré* ?

Son fils le connaissait comme s'il l'avait fait.

---Tu bosses sur quoi ?

---Oh, pas grand-chose, *son*. Je prête juste main-forte en off à une amie généalogiste sur un dossier de recherche d'héritier. Une fois l'affaire pliée, je prendrai mon aller-retour Dubaï/Paris.

---Tu ne m'as jamais parlé d'elle ?

---C'est vrai, je n'en ai pas eu le temps. Elle a débarqué à l'improviste, il y a trois jours.

---Elle n'est certainement pas venue te solliciter pour rien. J'ai comme la vague impression que je ne vais pas te voir de sitôt.

---Non, *son,* ça devrait se solutionner cette semaine.

---Elle est mignonne, je suppose ?

---Oui, plutôt, mais tu connais ma position.

---Ça serait bien que tu te poses un peu, *padré.*

---C'est vraiment mieux ainsi. Tu sais mes difficultés à me supporter moi-même. Ce n'est pas pour contraindre quelqu'un d'autre à subir mon sale caractère.

Ils éclatèrent de rire, Adam reprit.

---*Padré*, je sais, rien qu'au son de ta voix, que tu vas encore déterrer du lourd. Fais attention à toi et promets-moi que tu me rendras visite après cette affaire.

---Tu sais que je tiens toujours mes promesses.

---Bon, je te laisse, *son*. On va démarrer les hostilités.

---Ok, fais attention à toi, *padré.*

Arrivant d'un pas déterminé, la généalogiste ouvrit la portière de la voiture et entra tout de suite dans le vif du sujet.

---Bonjour, Blanco, prêt à affronter notre dame retorse ?

---Bonjour, Rachel. Je ne ferai pas dans la dentelle malgré son âge respectable. Je vois que ta nuit a été courte.

---Je t'ai connu plus élégant envers de la gent féminine.

Ils sourirent tous deux et prirent la direction de Créteil. Lors de cette interminable heure et demie de progression bouchonnée, Blanco ne se sentant pas de faire usage de son gyrophare, ils refirent le point sur le dossier et se redistribuèrent les rôles.

---Rachel, il est vraisemblable que Madame Ventut adopte une position basée sur la défensive. Si tu veux intervenir, passe-toi la main dans les cheveux. Cette vieille dame a réussi, avec brio, à nous balader une fois. Si elle se sent acculée dans ses derniers retranchements, elle risque de mettre en avant son état défaillant pour ne plus répondre à nos sollicitations. Cet entretien représente notre seule et unique chance d'élucider ton enquête.

---Ok, je te suis.

Ils arrivèrent au C.H.U. Henri Mondor à dix heures précises. L'ami médecin de Blanco, lui confirma son autorisation de visite puisque l'état de santé de madame Ventut s'était stabilisé en milieu de nuit.

---J'ai bien insisté auprès du personnel soignant, comme tu me l'as demandé hier, pour qu'elle soit tout particulièrement observée. Il n'a été constaté aucun comportement contradictoire dans ses faits et gestes. Dès son arrivée, elle est apparue très affaiblie. Mais, outre un état de fatigue, il est vrai, des plus préoccupants, les premiers examens n'ont révélé aucune autre anomalie. Il demeure essentiel que tu ne l'épuises pas davantage, son cœur est à bout de course. Je resterai à proximité pour juger de l'opportunité de la poursuite de l'entretien.

---Ok, doc, c'est toi le patron, ici. Et merci encore pour la faveur que tu nous accordes.

Les deux enquêteurs furent saisis lorsqu'ils pénétrèrent dans la chambre de la patiente. La vieille dame leur apparut nettement plus âgée que la veille. Comme si, en un souffle, elle avait franchi la barre du centenaire. Sa silhouette sembla encore plus minuscule et fragile dans son grand lit médicalisé. Les traits de son visage dessinèrent ostensiblement la profondeur de son anxiété. Son regard contrarié resta fixé au plafond. Son attitude, très lasse, donna l'impression que sa vie ne tenait plus qu'aux fils translucides de ses deux perfusions. Ses yeux, d'habitude si éteints, s'éclaircirent légèrement lorsqu'elle aperçut le commandant et sa partenaire entrer dans la pièce. Elle expira longuement, puis les avisa, après un pesant instant de silence.

---Je vous attendais. Vous n'êtes pas de ceux à qui on la raconte deux fois. Allez-y, je vous écoute.

La technique de la compassion laissa place à celle de l'intransigeance. Blanco s'engagea dans la partie, sans fioriture, cette fois-ci.

---Madame Irma Ventut, pourquoi avoir menti, hier ? Alphonse Durant ne peut être votre enfant car vous n'avez jamais eu la capacité d'en avoir.

Secouée par cette vérité inopposable, les rides du visage de cette vieille dame se creusèrent davantage. Les battements de son cœur s'accélérèrent au point de les percevoir distinctement sur le drap qui la recouvrait. D'un geste lent mais suffisamment précis de la main, elle demanda qu'on lui relève la tête du lit. Une fois en position semi-assise, elle prit la parole après un long soupir exténué.

---Oui, j'ai menti, hier. Comme ce 6 janvier 1944 à l'hôpital Rothschild à Paris 12. Le petit Alphonse n'était pas mon fils. Mais à quoi bon vouloir réveiller un passé aussi douloureux, Commandant ?

Blanco, à la vue du regard contrarié de son ami médecin, savait qu'il lui restait très peu de temps pour obtenir les aveux de la vieille dame.

---Madame Ventut, parfois, le mensonge ou la dissimulation de la vérité ont leurs vertus. Il en était sans doute mieux ainsi, ce fameux 6 janvier 1944. Mais, aujourd'hui, nous sommes entrés dans un autre millénaire, la véracité de votre témoignage peut et doit être révélé. Ce passé ne peut certainement plus blesser personne de nos jours et vous ne pouvez partir sans vous soulager la conscience.

---Vous avez raison, Commandant. De toute façon, quels que soient les faits commis, ils seront couverts par la prescription. Et, il m'étonnerait qu'il y ait encore des responsables vivants.

Elle reprit son souffle et narra clairement son récit, comme si ces terribles faits s'étaient déroulés la veille.

---En 1943, j'occupais les fonctions de gardienne à la prison pour femmes de la Petite Roquette, dans le 11ème arrondissement de Paris, à la suite d'une ouverture de poste cette même année. Issue d'un quartier défavorisé de la banlieue Est de Paris, j'avais déjà connu la faim après la Grande Guerre. Au cours de celle-ci, mon père avait été sérieusement blessé au combat, dans les tranchées de la *ligne Maginot*, lors de la fameuse *bataille de Verdun* et avait contracté la mortelle maladie dite « *la fièvre des tranchées* ». Après m'avoir donné naissance le 1er avril 1922, lui et ma mère, à qui il avait transmis ce redoutable virus, en décédèrent l'année suivante. En effet, mon géniteur n'en fut jamais véritablement débarrassé, eu égard à nos pauvres conditions de vie. Sans famille, je fus donc placée de foyer en foyer, dans lesquels j'ai souffert de malnutrition et de mauvais traitements. Ce qui allait de pair dans ces établissements à cette triste époque. En conséquence, pour échapper à mon impitoyable environnement, je profitais de la proposition de ce poste de surveillante de prison, ayant atteint l'âge de la majorité, soit 21 ans.

Elle exprima le besoin de reprendre son souffle quelques instants. Devant le regard de plus en plus inquiet du médecin, elle lui indiqua, d'un signe rassurant de la paume de la main droite, qu'elle souhaitait poursuivre son récit.

---Bref, ce 6 janvier 1944, le directeur de la prison de la Petite Roquette m'avait donné pour instruction de déposer cet enfant à l'hôpital Rothschild dans le 12ème arrondissement et de le déclarer sous X… en prétextant qu'il était le fruit d'un viol collectif de soldats allemands, dont j'aurais été victime. Je n'avais aucune connaissance de cette disposition particulière d'accouchement dans le secret. Mais j'obéissais aux ordres du directeur.

---Pouvez-vous me dire d'où provenait ce rejeton ?

---La mère était une prisonnière. Cela aurait fait désordre que l'opinion publique apprenne qu'une femme de plus d'un an et demi d'emprisonnement accouche dans l'établissement. Vous imaginez le scandale.

---Connaissez-vous le nom de la mère ?

---Non.

---Mais alors, pour quelle raison avoir laissé votre identité ? Vous auriez pu déposer ce nourrisson, en toute discrétion, devant l'entrée de l'hôpital ?

---Sachez que je l'ignore encore. J'ai tout simplement obéi aux ordres du directeur. Peut-être a-t-il pensé, qu'un jour, ce petit voudrait savoir d'où il venait. Et je voulais m'assurer qu'il soit réellement pris en charge par une institution. Cette situation inavouable me peinait déjà suffisamment pour ce pauvre poupon. Sur la proposition d'une femme de l'hôpital, j'avais donc laissé mon identité dans une enveloppe. Je donnais, au mignon petit, le prénom de mon défunt père, Alphonse.

---Quel était le nom du directeur de la prison de l'époque ? S'agissait-il du père de cet enfant ?

La vieille dame n'eut pas la force de répondre immédiatement. Son état de santé s'affaiblit considérablement. D'un courageux sursaut, elle parvint à reprendre son second souffle. Le médecin, bien qu'ébahi par ce récit consternant, intervint avec fermeté.

--Ce sera la dernière question, Blanco.

---Madame Ventut, je vous demande un dernier effort, c'est extrêmement important pour la suite de notre enquête. Pouvez-vous me donner le nom de ce directeur de la prison pour femmes de la Petite Roquette ?

La vieille dame, au bord de l'évanouissement, parvint tout de même à répondre d'un faible soupir.

---Monsieur Armand Souteneux. Je sais qu'il n'était pas le père du nourrisson.

Le médecin mit un terme à l'entretien et fit appel aux infirmières du service de réanimation pour placer sa patiente sous assistance respiratoire. Blanco tapa sur l'épaule de son ami, en guise de reconnaissance. Geste affectif qu'il appuya d'un clin d'œil de remerciement.

---Merci, doc.

---Y a pas de quoi. C'est normal. Je suis sincèrement désolé d'avoir été obligé d'interrompre ton audition. Mais, quelques minutes de plus et nous risquions de la perdre à jamais. Elle semble avoir survécu à une vie tellement traumatisante. Le cœur de cette vieille dame est usé mais nous devrions réussir à le maintenir quelques jours. Je suis impatient de connaître la suite des évènements. Tiens-moi au jus et bon courage, cher ami.

Puis, Blanco sortit de la chambre en indiquant d'un discret geste directionnel du menton, adressé à sa collaboratrice jusqu'ici muette, de le suivre. Dans le couloir, elle sortit de son silence.

---C'est dommage, tu n'as pas eu le temps de lui demander qui était le père du petit Alphonse ?

---Je sais. L'état de santé de cette vieille femme se dégradait à vue d'œil, au fur et à mesure qu'elle nous racontait ce triste épisode de son existence. Il vaut mieux qu'il la retape un peu pour nous permettre de la réentendre une dernière fois. Elle ne nous a pas tout dit, mais le puzzle commence sérieusement à s'assembler. Maintenant, nous savons que la mère était une détenue de cette fichue prison dont nous connaissons aussi le nom du directeur, Armand Souteneux.

---Bien joué pour ton flair. Sans toi, je serais tombée dans le panneau de la première déclaration qui semblait si convaincante, hier. Je suppose qu'on se lance sur les traces de l'ancien directeur ?

---Oui. Cependant, tu te doutes que la tâche sera compliquée. Puisqu'il est sans doute décédé.

---Eh oui, forcément.

Sur le chemin du retour, pour optimiser la perte de temps due aux incontournables bouchons, Blanco n'étant toujours pas disposé à faire usage de son deux tons, les deux acolytes refirent le point sur l'avancée du dossier et sur les orientations prioritaires. Il était, maintenant, irrévocablement établi que madame Irma Ventut n'était pas la mère du pauvre défunt, Alphonse Durant. Que la véritable maman aurait été une détenue de la prison de la Petite Roquette. Trois axes à exploiter s'imposèrent : tout d'abord, vérifier l'identité de l'ancien directeur et retrouver trace de son successeur ; ensuite, rechercher dans les archives, le statut de gardienne de cette vieille dame ; enfin, éplucher la liste des détenues de cet établissement pénitentiaire parisien, entre la mi-1942 et le 6 janvier 1944.

Blanco manipula son précieux et abondant répertoire téléphonique, sous l'œil admiratif de sa jolie passagère. Il téléphona à une amie, Rebecca, secrétaire auprès de la Mission des Archives du ministère de l'Intérieur.

---Bonjour Rebecca, c'est Blanco. J'espère que je ne te dérange pas ?

---Oh, Blanco, ça fait plaisir de t'entendre depuis tout ce temps. Que puis-je pour toi ?

---J'ai un p'tit service à te demander. Puis-je passer te voir au bureau cet après-midi ?

---Avec plaisir. Je bosse jusqu'à 18 heures. Dis-moi ce que tu recherches, je pourrais gagner un peu de temps.

---Je dois éplucher les archives de la prison de la Petite Roquette, sous l'occupation allemande.

---Tu es sérieux ? Tu nous fais dans le « cold-case » ?

---Je t'expliquerai de vive voix, je serai accompagné d'une généalogiste.

---Mignonne, je suppose ?

Blanco esquiva en fixant le rendez-vous.

---Nous pouvons être à ton bureau à 15 heures.

---Ok, Blanco, aucun problème. Juste une chose, tu es en enquête officielle ?

---Pourquoi cette question, Rebecca ?

---C'est devenu compliqué de sortir un dossier. On nous impose une étape d'ouverture numérique avant d'extraire le bon vieux papier des archives poussiéreuses, ainsi qu'une fermeture du même type, lors de sa réintégration. Tout est tracé par le biais de notre code confidentiel d'accès. Nous sommes fliqués en permanence et l'ambiance est devenue désagréable.

---Je crains que ce soit la fin de la « *Grande Maison* ». Maintenant, dans cette nouvelle boutique sans saveur, ni odeur, tout le monde surveille tout le monde. Je ne supporte plus ce climat délétère où règne la méfiance, la défiance, la délation. Et, pendant ce temps, les bandits courent à leur bon gré. A croire que c'est ce que recherche ce nouveau système vicié. Je ne veux surtout pas te causer de problème. La généalogiste peut faire une demande officielle, même si ça risque de prendre des plombes avec ces signatures et contre-signatures futiles.

---Avec tous les risques que tu as pris dans ta carrière, c'est la moindre des choses que je puisse faire, sachant que tu en feras bon usage. Je n'oublierai jamais ce que tu as fait pour moi, à l'époque, en me sortant des griffes de ce sale pervers. Fais-moi confiance, tu auras ton dossier.

---Je prendrai ma sacoche pour dissimuler l'archive, j'essaye, tant bien que mal, de m'adapter aux nouvelles méthodes. Merci beaucoup Rebecca, à tout à l'heure.

Rachel observait attentivement son pilote. Il avait dû bosser dur pour détenir tous ces contacts. Elle en savait quelque chose, pour avoir, elle aussi, tissé sa toile dans sa région du Nord/Pas-de-Calais, au détriment de sa vie privée. Certes, le Blanco des deux premières nuits lui manquait, mais, comme lui, il n'y avait plus que ce dossier qui l'intéressait. Elle l'invita avec autorité.

---A la cantine, maintenant !

---Avec grand plaisir. J'en prenais justement la direction. Va pour « *Le 36 quai* » ! Je vois que Madame connait les bonnes adresses.

Quelques minutes plus tard, constatant l'arrivée du binôme, la patronne y alla de sa gentille taquinerie à l'endroit de son flic préféré.

---Accompagné, une seconde fois ? Dis-moi, tu ne t'embourgeoiserais pas, mon poulet.

A la mine dérangée du commandant, la taulière comprit ce qui le chagrinait.

---Ah, je vois. Ne t'inquiète pas. Tu peux considérer qu'ils sont déjà installés sur une autre table que la tienne.

Elle changea d'emplacement, les deux « imposteurs » dociles, pour y placer le commandant et son acolyte, auprès des trois immortels du « *Clan des siciliens* ». Ils dégustèrent une merveilleuse carbonade flamande, accompagnée de frites maison et d'une rafraîchissante bière Ch'ti. Ce qui rappela les origines nordistes de Blanco, né à Jeumont, près de Maubeuge et de son fameux « *clair de lune* ». En général, à ce stade de l'enquête, ni l'un, ni l'autre, n'aurait pu avaler la moindre miette. A croire que c'est leur proximité qui leur ouvrit l'appétit.

A 15 heures précises, ils se présentèrent à Rebecca, aux Archives du ministère de l'Intérieur.

---Salut, Blanco, ça fait plaisir de te revoir. Enchantée, Madame. Tiens, prends ça et dissimule-le rapidement.

Rebecca, une jolie petite brunette de 38 ans, dont le port du tailleur classique mettait en valeur sa silhouette avantageuse, avait sorti, en off, le dossier archivé de la prison de la Petite Roquette. Le commandant le mit rapidement à l'abri des regards indiscrets, en l'insérant dans sa sacoche au cuir vieilli. Juste avant qu'un commissaire de police, à la mine suspicieuse, vint au renseignement. Blanco le reconnut comme étant le collègue de promo de son nouveau chef de service, qui se trouvait dans son bureau, l'autre jour.

---Que nous vaut l'honneur de votre présence, Commandant ? Vous ne m'avez pas été annoncé, si je ne m'abuse ?

---Si mes souvenirs sont exacts, à la bonne époque, le bonjour était le minimum syndical avant d'engager une discussion, Monsieur le Commissaire !

---Je ne connais rien de votre temps. A croire qu'il a considérablement changé, Commandant.

Blanco fut empreint d'une aussi soudaine que compréhensible envie de le secouer. Mais à quoi bon, sa franchise se répercuterait inévitablement sur Rebecca. Et, de toute façon, il ne comprendrait pas, « *à la porte du sourd, tu peux toujours cogner* », ignorant tout de cette période faste. Il l'avisa d'un regard plus contemporain.

---Je passais saluer une vieille amie. Je viens d'apprendre qu'elle avait fait valoir ses droits à la retraite, la chanceuse. Je ne serai pas plus long, Commissaire.

---Cette aubaine appartient à tout le monde, rien ne vous empêche de saisir cette opportunité, vu votre ancienneté. Dites-moi, puis-je savoir de qui il s'agissait ?

---Aucune importance. Très certainement, uniquement un numéro de matricule, à vos yeux.

Blanco tourna les talons et, pour s'adapter aux nouveaux usages, n'utilisa pas la formule de politesse, devenue si obsolète, elle aussi. La généalogiste, restée muette pendant l'altercation sous-jacente, lui emboîta le pas, avant de prendre la parole sur un ton désabusé.

---Dis-moi, Blanco, je suis sidérée. C'est quoi cette ambiance pourrie, chez vous ?

---Ce n'est plus chez moi, Rachel. Je refuse de m'inscrire dans cette nouvelle politique. Parlons d'autre chose, si tu veux bien. Allons plutôt éplucher ses précieuses archives de la Petite Roquette.

Chemin faisant, la ravissante Rebecca l'avertit, par téléphone, du fait que le jeune commissaire avait procédé à son interrogatoire.

---Il a appelé ton chef de service, dans la foulée. Fais gaffe, Blanco, ils t'ont dans le collimateur. J'ai réussi à suivre discrètement la discussion. Ils se doutent que tu bosses sur quelque chose de non officiel.

---Merci, Rebecca, je t'en suis très reconnaissant. Mais ne t'inquiète pas, ils auront besoin de mes ficelles de vieux briscard, un jour ou l'autre. Je passerai chez toi, ce soir, pour te rendre le colis. Ainsi, tu pourras le remettre dans son nid, dès demain matin. Ni vu, ni connu.

---Ok ! Je suppose que tu ne resteras pas, vu ta charmante coéquipière ?

---Tu me connais, Rebecca. On ne peut rien tirer de bon de moi lorsque je suis sur une affaire qui se complique. Une autre fois, avec grand plaisir.

---Je sais, c'était juste pour te taquiner. Je connaissais déjà ta réponse. A ce soir.

Sitôt il raccrocha que la jolie généalogiste reprit de plus belle, magnant le vouvoiement.

---Mais dites-moi, d'où tirez-vous un tel succès, mon cher Commandant ?

---Oh, rien de très gratifiant. C'est un peu facile lorsque l'on ne passe que les bons moments avec une partenaire. Je ne suis pas différent des autres.

---Pourquoi ne profiter que des moments furtifs ?

---Je me le suis imposé à la disparition de ma femme, tout d'abord, pour ne pas nuire à l'équilibre de mes enfants. Ensuite, avec le temps, c'est devenu une habitude. Et, je dois reconnaître que j'y trouve un certain confort et une réelle tranquillité d'esprit pour travailler.

Arrivés à l'hôtel, ils s'installèrent dans l'une des salles de réunion et se mirent immédiatement au travail dans un silence de cathédrale. Ils obtinrent confirmation des déclarations de madame Irma Ventut. Monsieur Armand Souteneux avait bien officié en qualité de directeur de cette prison pour femmes, du 18 février 1942 au 11 juillet 1964, date de son départ à la retraite. Et, fait inhabituel, son successeur n'était autre que son fils, Jean-

Claude Souteneux. Lequel endossât le directorat jusqu'à la fermeture de l'établissement en 1973, avant que la prison de la Petite Roquette ne soit détruite en 1974. En revanche, nos deux enquêteurs appliqués, malgré avoir parcouru à maintes reprises, en long, en large et en travers, la totalité des archives, ne découvrirent aucune trace de la présence de la pseudo-mère, madame Ventut. Aurait-elle endossé, également, le rôle obscur d'une pseudo-gardienne dans cet établissement pénitentiaire ? Les yeux rougis, le flic interpella Rachel.

---Je pense qu'on ne trouvera plus rien d'intéressant là-dedans. Autant chercher une aiguille dans une botte de foin. Comment veux-tu identifier, dans ces listes interminables de détenues, la véritable mère du défunt, Alphonse Durant ? Surtout pendant cette sombre période sous l'occupation allemande. Elle n'y a peut-être jamais été inscrite.

---Je te rejoins, Blanco. Pendant la deuxième partie de la Seconde Guerre mondiale, outre les prisonnières de droit commun, il y a été dénombré quasiment quatre mille déportées juives et résistantes, rien que dans cette macabre prison de la Petite Roquette. C'est impressionnant, ça me fait froid dans le dos. Et, comment connaître le véritable statut d'incarcération de la mère d'Alphonse Durant ? C'est purement impossible.

La mine défaite de la généalogiste accentua davantage la difficulté de la tâche, pour ne pas dire, l'impossibilité d'identifier la génitrice du pauvre défunt, Alphonse Durant. Blanco, qui avait l'habitude de ces passages au creux de la vague, lors de ses anciennes enquêtes d'envergure, la rassura comme il le put.

---Du calme, ma belle. C'était couru d'avance pour la mère d'Alphonse. Nous profitons, tout de même, d'un facteur très favorable. Si l'ancien directeur, Armand Souteneux est forcément décédé, nous bénéficions de la possibilité de retrouver son fils, Jean-Claude, qui lui a succédé à la direction de la Petite Roquette. Aura-t-il gardé une archive qui ne figure pas dans ce dossier ? L'avenir nous l'apprendra bientôt, du moins je l'espère.

---Tu as raison. De toute façon, c'est notre unique piste.

---Bon, on se répartit les tâches. Tu planches sur ce Jean-Claude Souteneux, tu en trouveras bien une trace sur les réseaux sociaux. Moi, je vais remettre ces documents à Rebecca pour lui éviter des problèmes avec sa hiérarchie. Surtout, appelle-moi dès que tu l'auras localisé.

---Tu peux compter sur moi, Blanco. Bonne soirée.

Ils se quittèrent dans une atmosphère radicalement professionnelle. Comme convenu, Blanco se rendit chez Rebecca, dans les Hauts-de-Seine, pour lui remettre l'archive de la prison de la Petite Roquette. Il discuta une heure avec elle, sans succomber à son charmant port de petites lunettes à monture noire et son irrésistible grain de beauté au-dessus de la lèvre supérieure, puis, rentra sagement chez lui. Le sommeil eut raison de ses pensées emmêlées. A 00 heures 30, la généalogiste saisit son téléphone et le sortit de son état végétatif contrastant avec le sien en ébullition.

---Mauvaise nouvelle, Blanco ! Il est mort, lui aussi !

---Mais qui ça !

---Jean-Claude Souteneux ! De qui veux-tu que je te parle ?

---Ah, ok. Désolé, je n'y étais pas. Merde, ça ne nous arrange pas.

---Comme tu dis. Mais nous avons rendez-vous avec sa sœur, Marie-Antoinette, en début d'après-midi. On doit partir dès l'aube, elle réside à Troyes.

---Beau boulot, Rachel. Tu ne lâches rien, j'adore ça. Je te récupère devant l'hôtel demain matin à 10 heures.

---Ce sera parfait. A demain, ou plutôt, à tout à l'heure !

Ce jeudi 7 septembre à 10 heures sonnantes, ils prirent la direction de la capitale de l'andouillette. Le silence, souvent plus éloquent que les mots, pesait dans l'habitacle. Seul le bruit des roues sur l'asphalte de l'autoroute y était perceptible. Tous deux avaient conscience de l'enjeu de ce rendez-vous de la dernière chance. La sœur du dernier directeur de la prison de la Petite Roquette restait la seule à pouvoir faire avancer cette satanée enquête de recherche d'héritier. Après s'être arrêtés sur la route pour prendre un déjeuner sur le pouce, ils arrivèrent, à l'heure convenue, chez Marie-Antoinette Souteneux, dans un quartier cossu à proximité du centre-ville. Cette fois-ci, Blanco laissa les commandes à la généalogiste. C'est ainsi qu'il agissait, lorsque l'un de ses collègues, quel que soit son grade, était à l'origine d'un nouvel élément de langage. Rachel exposa brièvement et très clairement les paramètres du dossier, sous l'œil contemplatif du commandant. Bien que circonspecte, Marie-Antoinette confirma les faits énoncés. Mais il n'échappa nullement au flic aguerri, que les traits du visage et le regard fuyant de la septuagénaire trahissaient une palpable réserve latente. D'autant que son aspect famélique laissait davantage apparaître l'oscillement des mâchoires sous sa peau. Pour mieux la surprendre, il prit le relais avec autorité.

---Ecoutez, Madame Marie-Antoinette, vous êtes notre dernière chance d'élucider cette enquête au point mort. Je suis persuadé que vous nous cachez quelque chose ! Faites un effort ! Nous ne possédons aucun moyen de coercition mais il en va de votre conscience.

Décontenancée par la soudaine prise de position agressive du commandant, jusque-là totalement effacé, elle avala sa salive et reprit laconiquement.

---Vous parlez de quoi, exactement ?

---Je vais être très clair. Le 11 juillet 1964, votre frère, Jean-Claude, a repris la direction de la prison de la Petite Roquette, poste qu'occupait votre père, Armand. Y aurait-il eu la transmission d'une archive officieuse lors de cette passe d'armes ? Vous voyez ce que je veux dire, Madame Souteneux ?

---Je n'en ai aucune idée, Commandant. Je ne pense pas. En tout cas, je n'ai rien trouvé dans leurs papiers, après leur mort. J'ai géré, seule, les formalités des deux décès car ma mère et ma belle-sœur avaient déjà disparu, elles aussi. Et mon frère et sa femme n'ont jamais eu d'enfant pour m'aider. C'est également mon cas.

---Vous essayez de m'endormir avec vos histoires d'enfant. Ce n'est pas ce que je vous demande. Pour la dernière fois, Madame Marie-Antoinette, pouvez-vous me dire si votre père a remis un document confidentiel à votre frère ? C'est aussi simple que cela !

---Non, pas à ma connaissance. Vous m'en voyez sincèrement désolée.

Blanco continua de monter en régime.

---Franchement, j'ai du mal à vous croire. Vous n'allez pas me dire que lors des réunions de famille, ils ne parlaient jamais de la prison de la Petite Roquette !

Les yeux de plus en plus humides, Marie-Antoinette Souteneux marqua un temps d'arrêt, feignant de chercher dans sa mémoire ce qu'à l'évidence, elle savait déjà. Rachel parut gênée par la fougueuse évolution de cet interrogatoire. D'autant que le commandant ne lui avait pas demandé son avis pour l'interrompre. Elle le laissa faire, convaincue qu'il s'agissait d'une de ses pratiques agressives pour inverser le rapport de force et intimider le sujet. Cette méthode fit son effet sur l'auditionnée qui reprit la parole, les muscles du visage un peu plus dénoués.

---Croyez-moi, Commandant, ils n'en discutaient jamais devant nous, le sujet semblait tabou. Mais, il est vrai, qu'une seule et unique fois, je les ai entendus parler de la prison. Surpris par mon arrivée impromptue dans la cuisine, où ils se trouvaient, ils avaient stoppé, immédiatement, leur âpre discussion. Ils paraissaient plutôt gênés et semblaient en total désaccord.

---C'était quand ? Que disaient-ils ?

---Là, je suis formelle, en 1973, puisqu'il s'agissait de l'année de la fermeture de la prison de la Petite Roquette.

---Et de quoi parlaient-ils ? Faites un effort.

Marie-Antoinette parut soulagée de confier le peu qu'elle savait d'une vraisemblable morbide histoire.

---Je me rappelle que le ton était anormalement élevé, contrairement à leurs habitudes. C'est d'ailleurs ce qui m'avait permis d'entendre, me trouvant dans le corridor commun de la salle à manger et de la cuisine. Mon père paraissait en total désaccord avec mon frère, qui, pour une fois, semblait lui tenir tête. De peur que la situation ne dégénère, je m'étais rendue immédiatement dans la pièce. Alors qu'ils évoquaient l'existence d'une liste de vingt femmes, à ma vue, ils s'étaient tus.

---Une liste de vingt femmes ? Vous n'avez jamais demandé de quoi il s'agissait ?

---Si, bien entendu. Cette fameuse liste m'a toujours taraudé l'esprit. J'ai questionné une première fois mon frère, après le décès de notre père en 1982. Puis, une seconde fois en 2010, avant le sien, en vain. En mon for intérieur, j'étais convaincue qu'ils emportaient avec eux un lourd secret. Je dois avouer que je ne souhaitais pas en savoir plus, de peur de découvrir je ne sais quoi. C'est pour cela que je n'osais pas l'aborder avec vous.

Cet élément arraché, sous le regard ébahi de sa partenaire, Blanco adopta un ton plus empreint de compassion, l'appelant même par son surnom, inscrit sur l'un des cadres ornant le buffet de la salle-à-manger.

---Vous voyez, *Marinette*, cette confidence vous a libéré l'esprit. Respirez calmement, maintenant. Juste une dernière question. Selon votre sentiment, s'agissait-il d'un secret familial ou professionnel ?

---Leurs vies privées étaient immaculées. J'étais persuadée qu'ils taisaient des évènements obscurs de cette maudite prison, au temps du directorat du père.

Il devint inutile de poursuivre ce pénible interview. Madame Souteneux paraissait épuisée par cet entretien plutôt musclé, imposé par le flic. Le duo la remercia humblement, avant de reprendre la direction de Paris. Après une demi-heure de route sans un mot échangé, Rachel, désabusée, rompit le mutisme ambiant.

---Cette fois-ci, je crois que c'est mort, Blanco. Je ne me souviens pas de la moindre trace d'une liste de vingt femmes parmi les archives de la prison.

Il resta muet, plongé dans ses certitudes. Elle surenchérit, légèrement agacée par son aphasie décidée.

---Mais parle ! Dis-moi quelque chose !

Après quelques secondes, il l'avisa sévèrement.

---S'il y a une chose dont j'ai horreur, Rachel, c'est bien du défaitisme. Rien n'est jamais perdu tant que la partie n'est pas terminée. C'est mal embarqué, mais, tu connais le dicton, « *à vaincre sans péril, on triomphe sans gloire* ».

---Je te le concède. Pour autant, on n'a absolument rien à se mettre sous la dent.

---Si, l'existence de cette liste de vingt femmes.

---Ça nous fait une belle jambe, maintenant que tout le monde est mort.

---Je sais, ma belle. Mais, « *si les paroles s'envolent, les écrits restent* ». Il nous suffit de la retrouver.

---Bon, je vois que les citations préservent ta confiance. J'aimerais qu'il en soit ainsi pour moi. Mais le budget de mon patron va s'arrêter là. Je vais devoir rentrer à Dunkerque, par le train de 21 heures.

---Ok, Rachel. Je poursuis les investigations, ton affaire m'intéresse de plus en plus. Je t'appellerai dès que j'aurai mis la main sur ce fameux document.

---Je ne sais pas où tu trouves encore la motivation.

---« *Tant qu'il y a de la vie, il y a de l'espoir* ». Disons que j'ai un bon pressentiment. Et je ne crois pas au hasard des rencontres.

Blanco esquissa un léger sourire auquel Rachel opposa un petit rictus, avant de rétorquer.

---Tu connais aussi celui-ci : « *soit l'on gagne, soit l'on apprend* ». Eh bien là, j'ai juste l'impression d'apprendre à perdre.

---Ne clôture pas ton dossier maintenant. Je reste sur le coup quelques jours encore.

---Ok, Blanco. Merci beaucoup pour ton soutien. Tu me laisses un infime espoir.

Le soir venu, Blanco l'accompagna sur le quai de la gare du Nord. Rachel l'embrassa, puis l'enserra fortement, avant de rapidement disparaître dans le wagon pour dissimuler l'apparition d'une petite larme, fait tellement rare chez elle. Lui, sans autant d'émotion, fit demi-tour pour rentrer directement chez lui.

Rendu dans son appartement du 10ème, il sirota un réconfortant « C.R.S. » -*Citron-Rhum-Sucre*-. Puis, s'allongeant sur son lit, les yeux rivés au plafond, il commença son rituel auto-débrief à voix haute.

---Nous recherchons le ou les héritiers du défunt, Alphonse Durant, né sous X... le 6 janvier 1944 à l'hôpital Rothschild dans le 12ème arrondissement de Paris. Nous savons qu'à cette date, sa pseudo-mère, et peut-être pseudo-gardienne, Irma Ventut, l'y avait déposé sur les ordres de l'ancien directeur de la prison pour femmes de la Petite Roquette, Armand Souteneux, pour taire l'accouchement d'une détenue inconnue à ce jour. Nous connaissons, maintenant, de la bouche de Marie-Antoinette Souteneux, que ses défunts père et frère détenaient un lourd secret, provenant sans doute du centre pénitentiaire, dont la « clé » réside dans la recherche d'une liste de vingt femmes. Sur ce document figurera peut-être le nom de la véritable mère du défunt, Alphonse Durant. Ainsi, nous serons en mesure d'identifier le ou les héritiers. C'est une tâche, effectivement, très compliquée, mais la découverte de cette énigme doit être réalisable. J'ai déjà connu pire dans ma carrière. Cette partie vaut vraiment le coup d'être jouée.

Puis, il s'endormit, en caressant l'espoir, comme souvent, que sa bonne étoile viendrait l'extirper subitement de son sommeil, pour lui indiquer le chemin à suivre.

Chapitre 4 - Macabre découverte -

A 4 heures, le commandant fut réveillé en sursaut, les draps imbibés de sueur, sortit subitement d'un rêve ou plus exactement d'un cauchemar. Au moment précis où on le jetait, sans ménagement, dans le cachot d'une prison morbide. La cellule renfermait de très jeunes femmes nues, enchaînées aux chevilles, grelottantes et prostrées dans une posture horrifiée. La crasse qui les recouvrait ne suffisait pas à effacer leur évidente beauté. Comme souvent, lorsque l'une de ses enquêtes judiciaires piétinait, Blanco bénéficia de cette mystique révélation nocturne. Ce message revêtit une clarté totale. Il sut devoir se rendre sur les lieux de l'ancienne prison de la Petite Roquette, convaincu que la solution s'y trouvait. Il savait qu'il ne reprendrait pas le sommeil après une aussi vive apparition. Alors, inutile de perdre du temps, il prit un expresso, se doucha, s'habilla à la hâte et partit sur le site de cet ancien centre pénitentiaire, où il arriva sur les coups de 5 heures.

La prison de la Petite Roquette, démolie en 1974, laissait place au square de la Roquette, inauguré trois ans plus tard. Un lieu de spectacle y avait également été construit en sous-sol. Baptisé la salle Olympe-de-Gouges en mémoire à cette femme de lettres, reconvertie dans la politique, considérée encore aujourd'hui comme l'une des pionnières du féminisme français et de l'abolition de l'esclavage des noirs. Pour ses engagements politiques, elle fut guillotinée le 3 novembre 1793. De nos jours, la tête lui aurait été coupée au sens figuré, ses pairs arguant d'une pseudo-affaire médiatisée de faux et usage de faux. Cette présence commémorative accentua davantage le lourd passé profondément perçu par Blanco, qui s'inspira de ce lieu, les yeux fermés et les sens grandement déployés. Restaient, pour seuls vestiges de l'époque, les deux guérites d'accès au jardin qui supportaient l'ancien portail d'entrée de la prison. Errant à l'aveuglette depuis presqu'une heure, dans ce square de quasi deux hectares, doté d'une perception hors norme, il y éprouva, au plus profond de ses entrailles, l'inexplicable atmosphère prégnante de cette ancienne enceinte austère, aujourd'hui, en totale contradiction avec cette agréable apparence d'aires de jeux et de jardins pour enfants. Le lourd contexte historique n'était sans doute pas étranger à son nauséabond ressenti. Les souffrances passées semblaient vouloir résister au temps, en pénétrant les âmes réceptives. Blanco se remémora son cauchemar. Avant d'être jeté brutalement dans ce cachot, il se souvenait y avoir été conduit en empruntant une sorte de sombre passage souterrain. Il eut l'intime conviction que la solution résidait sous terre. Malgré l'heure, il téléphona à son meilleur ami, un flic réserviste de Maubeuge, le surnommé Pacman. Ce policier de terrain avait bossé plus de quinze ans à Paname, c'est ainsi qu'il surnommait Paris, en argot.

---Oh, Blanco ! Comment vas-tu ?

---Bien, Pacman. Et toi ?

---Tranquillement. Que me vaut cet appel si matinal ?

---J'ai besoin de toi et de ta parfaite connaissance des dessous de Paris.

---Tu entends quoi, par dessous ? Les réseaux échangistes mondains, la prostitution ?

---Non, Pacman, ça je connais, merci. Ce sont les catacombes parisiennes qui m'intéressent. Tu es disponible en ce moment ? Ça urge.

---Nous sommes vendredi 8, si je prends le train de 9 heures 13 à Maubeuge, je peux être à Paris, gare du Nord, à 12 heures 14, s'il n'y a pas de retard. Je connais les horaires par cœur, après toutes ces années.

---Parfait, prend ton matériel de spéléo pour deux.

---Ok, à tout à l'heure.

Blanco savait pouvoir compter sur son meilleur ami, surnommé Pacman par le « *milieu* », car il dévorait tout sur son passage. Ce fut l'un des meilleurs flics de terrain qui travaillât à ses côtés. Pure coïncidence, il était addict aux souterrains de la ville de Paris. A l'instar du jeu vidéo japonais « *Pac-Man* », il retrouvait toujours son chemin dans ces labyrinthes. Pacman, 57 ans, était un sportif accompli, aux côtés de qui Blanco avait combattu aux championnats de France police de karaté. Il se souviendra toujours du premier combat de son ami, à Saint-Nazaire en 1996. Pacman avait fait se soulever la salle à l'étonnante forme de soucoupe volante. D'ailleurs, son adversaire du jour, sembla en apesanteur pendant les deux-tiers du combat. Ils avaient un autre point en commun, et non des moindres. Celui d'avoir eu l'honneur et l'avantage de bénéficier de l'enseignement footballistique du renommé *Jean-Marc Varnier*. Cet entraîneur restera le plus emblématique de l'U.S. Maubeuge qu'il menât de la 1ère division de district jusqu'en 3ème division nationale, sans compter ses épopées en coupe de France. Il inculquait le respect, le travail, la rigueur, l'esprit d'initiative, l'engagement au bénéfice du collectif. Ces valeurs allaient coller à la peau des deux flics, tout au long de leur carrière. Ils l'en remercient encore, de temps en temps, autour d'un pot au « *Régent* », le bistrot maubeugeois de la place des Nations, tenu par son fils, Jean-François, aux côtés de qui jouait Blanco dans les équipes de jeunes.

Comme convenu, ils se retrouvèrent vers midi, à la gare du Nord. Après une franche accolade digne d'hommes d'honneur, ils prirent la direction de la cantine « *Le 36 quai* ». Ils y furent, comme toujours, chaleureusement accueillis par la patronne, Simone. Alors qu'elle les installa à leur table favorite, elle murmura à l'oreille de Blanco, une information de la plus haute importance. Elle lui communiqua le blase des deux gars qui venaient de buter un parrain de la drogue, la nuit dernière, dans le neuf-trois, sur la place du marché de l'église de Pantin. Il est vrai qu'elle en connaissait un rayon, la Simone. Même si elle avait quitté le « *milieu* » depuis plus d'une vingtaine d'années, elle gardait toujours ses sources, au cas où. Blanco savait que venant de la taulière, l'info était plus que fiable. Alors qu'il s'apprêtait à passer la commande, déboula son nouveau commissaire, le visage crispé.

---Ah, Commandant ! Tout le monde vous cherche ! J'ai essayé maintes fois de vous appeler sur votre téléphone !

---Et, puis-je en connaître la raison ?

---Le juge d'instruction nous saisit de l'affaire de l'homicide de Pantin qui s'est perpétré cette nuit. Vous ne répondez jamais aux appels téléphoniques, Commandant ?

En son for intérieur, Blanco jubila à la vue du jeune taulier enfin plongé dans le bain acide de la réalité du terrain. Il l'avisa, affichant ostensiblement un air narquois.

---Mais, dites-moi, Commissaire, si je ne m'abuse, vous n'êtes pas sans ignorer que vous m'avez autorisé, exceptionnellement, à prendre des congés annuels pour une période de trois mois ?

---Je sais, mais il s'agit d'un impératif de service.

---Impératif de service ? Ça existe encore ?

Le jeune commissaire s'offusqua de la connotation clairement ironique employée par le commandant.

---Ecoutez ! Je vous donne l'ordre de reprendre votre service sur le champ ! Je vous confie cette affaire !

Blanco dégusta ce succulent instant. Il prit le temps nécessaire pour lui répondre.

---Sauf votre respect, Commissaire, si je ne m'abuse, de vos jours, lorsqu'un « *fonctionnaire*» de police pose des congés annuels, comme c'est mon cas, il n'y a qu'un arrêté ministériel qui puisse les annuler. A mon époque, que vous estimez obsolète, je n'aurais pas attendu que l'on m'ordonne de traiter une affaire d'homicide, car j'aurais déjà les mains dans le cambouis. Par révérence à vos nouveaux codes de fonctionnement, vous me voyez contraint de rester en position de congés annuels, sauf arrêté ministériel ad-hoc, bien entendu.

Le visage du jeune commissaire devint rouge écarlate. Le ton cinglant contrasta avec l'attitude impassible du chef de la Crim', ne confondant pas, lui, entre « *agir et s'agiter*».

---Alors, si vous êtes en congés annuels, que faisiez-vous, hier, au service des archives de mon homologue ?

---C'est bien là, le problème de votre nouvelle génération. Vous préférez fliquer les bons flics plutôt que de traquer les bandits !

La patronne, Simone, intervint avec fougue. Sa voix rauque résonna dans tout le restaurant.

---Dis-moi, jeune, je te demande de baisser d'un ton lorsque tu t'adresses à un flic comme Blanco ! Sinon, je te prends par la peau des fesses et je te jette comme un mal propre sur le pavé ! Me suis-je bien fait comprendre, Commissaire ?

---Je ne vois pas de quoi vous vous mêlez, je suis son patron !

---Non, « *paaatron* » c'est une reconnaissance qui se gagne à la sueur, au goût du sang, pas dans un bureau de verre aseptisé. Tu ne vois pas que tes gars n'ont aucun respect pour un soi-disant supérieur hiérarchique de ton espèce ? Crois-moi, tu ne les mérites pas !

---Dites-moi, Madame, à quand remonte le dernier contrôle de votre établissement ?

---En plus, tu oses me menacer, chez moi ! Tu vas déguerpir d'ici et rapidement ! Je ne sais pas pour qui tu bosses exactement, vu que tu mets sous l'éteignoir les bons flics ! Mais, fais-moi confiance, je vais me renseigner sur ton parcours, je saurai d'où tu viens ! Et qui t'a mis en place ! C'est toi qui va entendre parler de moi, et plus tôt que tu ne l'imagines !

Sachant qu'il n'aurait pas le dernier mot avec cette charismatique patronne, le commissaire, ayant perdu de sa superbe, s'adressa directement à Blanco.

---On aura bien des choses à se dire à votre retour, Commandant.

---Avec grand plaisir, Commissaire. Je sais parfois, moi aussi, être un homme de dialogue. En attendant, je vous souhaite un excellent trimestre et une totale réussite pour votre première enquête d'envergure. Vous allez sans doute, du moins je l'espère, écrire la première page de l'histoire de votre nouveau 36, rue des Bastions.

Le jeune commissaire quitta l'établissement, tête basse et le regard noir, mais, ne le sachant pas encore, gagnant, sans nul doute, quelques années d'expérience, en un revers d'attaques placées. Pacman, resté muet pendant ces échanges peu cordiaux, s'adressa à son ami.

---La maison est devenue irrespirable, Blanco. J'en peux plus de cette ambiance de merde. Tu vois, j'ai repris du service en qualité de réserviste, après les attentats du 13 novembre 2015, pour défendre ma patrie, mon drapeau. Mais ces nouvelles mentalités m'exaspèrent. Je vais raccrocher définitivement, je m'y perds.

---Je te comprends. Tu as fait le job au mieux, Pacman. Je ne sais plus trop où me situer, moi non plus. Bon, revenons à nos moutons.

Blanco lui dressa le décor pendant une bonne heure. Pacman entra tout de suite dans la partie.

---Je connais la présence de catacombes sous le cimetière du Père-Lachaise. Après la Seconde Guerre mondiale, un immense ossuaire y avait été réalisé. Je l'ai déjà visité, il est distant d'à peine un kilomètre, à vol d'oiseau, du square de la Roquette. Je n'ai pas souvenir d'un passage souterrain entre ces deux sites. Mais nous pouvons tout de même y aller, je suis peut-être passé à côté, du fait que ce n'était pas l'objet de ma visite.

---Ok, il faut essayer.

---Je te propose qu'on se repose chez toi et que l'on s'y rende à la tombée de la nuit. Les catacombes étant interdites, ce sera plus discret.

Au moment où ils quittèrent « *Le 36 quai* », le capitaine Vélasquez arriva à grands pas, la mine déconfite.

---Putain, Blanco, tu ne réponds pas à mes appels !

---J'évite d'utiliser ce téléphone, en ce moment. On ne sait jamais avec ces nouveaux chefs de service. Oui ?

---« *Petit Prince* » s'est fait descendre à Pantin, cette nuit. Le commissaire est pressant, on est sur les dents !

---Je sais, je viens de le voir. On a échangé quelques gentillesses. Simone ne l'a pas épargné non plus.

---Tu es déjà au jus ?

---Oui, mais laisse-le marner un peu. Il faut que le directeur lui mette la pression. Il va perdre un peu de son vernis et va devoir faire appel aux anciens, si tu vois ce que je veux dire. Pour revenir à notre affaire du « *Petit Prince* », ce sont deux ressortissants vénézuéliens qui l'ont exécuté sur l'ordre de narco-trafiquants colombiens. Le contrat était de 50 000 dollars. Les sud-américains ont déjà pris un bateau à Amsterdam, ce matin. Ils doivent rejoindre le Venezuela via Curaçao. On mettra les douanes maritimes des Antilles sur le coup pour les intercepter au large de la Martinique. Cela nous laisse une quinzaine de jours devant nous. Je te ferai un *blanc* récapitulatif en début de semaine prochaine.

---Merci, Blanco. Tu assures. Je me doute, à ton air, que tu es sur quelque chose de pimenté. Fais gaffe à toi. Si Pacman est de retour, c'est que ça doit être du lourd.

A 22 heures, nos deux explorateurs de circonstance se rendirent au cimetière du Père-Lachaise, dotés de l'équipement minimum de sécurité : des chaussures de marche, un couvre-chef pour se protéger des araignées et autres bestioles, un sac-à-dos pour garder les mains libres et stocker le petit matériel composé de plusieurs lampes avec batteries de rechange, de l'eau, de la nourriture, des bougies, une mini-pelle escamotable, une mini-masse, un burin, un plan et, surtout, une boussole. Blanco se contenta de suivre Pacman, le « *sachant* » dans ce domaine, qui se dirigea immédiatement vers l'une des deux portes latérales du monument aux morts par lesquelles il savait accéder au vaste ossuaire souterrain. Ils descendirent dans la totale noirceur, uniquement éclairés par leur lampe frontale. L'odeur de rance, mélangée à celle d'une sorte de vieille amertume de houblon, leur agressa les narines. Blanco se reposa totalement sur le savoir-faire de son ami Pacman, en quête de découvrir un éventuel accès secret qui pourrait mener sous l'ancienne prison de la Petite Roquette. Ce qu'il ne tarda pas à trouver, à peine quelques minutes plus tard. Surpris par la rapidité de cette trouvaille, le commandant l'interpella aussitôt.

---Tu connaissais ce passage, Pacman ?

---Non. Sans doute parce que je ne le cherchais pas. J'ai juste suivi le trajet du petit courant d'air qui nous caresse le bas des jambes. Ce qui m'a mené jusque devant cette stèle qui semble ne pas avoir bougée depuis plus d'un demi-siècle.

---Bravo. Il nous reste à remonter nos manches pour essayer de la bouger et voir ce qui se cache derrière.

Après un quart d'heure d'efforts conjugués, ils découvrirent, en réalité, une étroite trouée dissimulée à l'arrière de la colonne. Les battements de cœur frappèrent leur gorge qui devint sèche. Ce passage était resté vierge depuis de nombreuses années. Impatients, ils empruntèrent ce tunnel effilé et progressèrent sur environ cinq cents mètres, jusqu'à l'intersection de deux corridors. Pacman sortit sa boussole et son plan, avant de s'engager, sans hésitation, dans celui de gauche. Des pavés irréguliers recouvraient le sol, les murs et la voûte étaient constitués de briques rouges noircies par le temps et l'humidité. A chaque nouveau pas, l'excitation montait crescendo. Le palpitant des deux baroudeurs s'accélérait encore à l'idée d'une découverte de plus en plus imminente. A l'évidence, personne n'avait mis les pieds dans cet endroit depuis plusieurs décennies. Pour preuve, la présence d'innombrables toiles d'araignées entravant la progression, provenant sans doute des *Nesticus cellulanus*, aranéides les plus représentés dans les catacombes parisiennes, Après une seconde progression d'un demi-kilomètre, Pacman stoppa, net, leur cheminement. Jusqu'alors rempli d'espoir, le duo fut empreint d'une violente chute d'adrénaline.

---Je crois que nous y sommes, Blanco. Selon la carte, nous nous trouvons exactement en-dessous du centre du Square de la Roquette.

---J'imagine que ce mur de fondation est celui de la salle Olympe-de-Gouges ?

---On ne peut rien te cacher.

Pacman put lire l'immense déception sur le visage de son coéquipier, qui s'attendait à trouver dans ces catacombes, un élément plus probant, susceptible de faire avancer le dossier en berne. La découverte, somme toute surprenante de cette voie, n'apportait aucun élément en ce sens. Pourtant, tout au long du parcours, Blanco fut habité d'étonnantes sensations, comme transpercé de mauvaises ondes. Ce qui le persuada que des faits particulièrement graves s'y étaient perpétrés. Le duo dépité, comme après la perte d'un combat ou d'un match de foot, fit machine arrière et remonta à la surface, tête basse. Aussitôt à l'air libre, sans en connaître véritablement les réelles raisons, mais se fiant uniquement à son feeling, Blanco prit l'initiative de retourner au square de la Roquette.

Dans l'après-midi, en attente de leur escapade nocturne, Pacman et lui, avaient usé et abusé de l'assistant universel, Google, qui n'avait pas été avare d'enseignements concernant cette maudite prison pour femmes de la Petite Roquette. Notamment sous l'occupation allemande, période qui intéressait l'enquête en cours. Plus de quatre mille femmes juives, résistantes, parfois de nationalité étrangère, y avaient été emprisonnées et torturées par la *Gestapo*. Les conditions de détention gravirent les sommets de l'horreur. Ces pauvres victimes pensaient avoir vécu le pire, avant, pour la plupart, d'être déportées vers les camps de la mort, notamment celui du tristement célèbre *Auschwitz*.

Arrivés dans le square, rien n'attira davantage l'attention des deux hommes. Si ce n'est un détail qui interpella le duo chevronné. Il s'agissait du support de l'ancienne guillotine de la prison de la Grande Roquette, située en vis-à-vis de celle de la Petite Roquette. En effet, ils avaient pu lire, dans l'après-midi, cette étonnante histoire dite de « *l'abbaye des cinq pierres* ».

Blanco, empreint d'une éclaircie soudaine, très clairement lisible sur son visage pourtant recouvert de suie, déclencha les hostilités sur un ton marquant un net regain d'enthousiasme.

---Dis-moi, Pacman, tu te souviens de l'article de presse que nous avons lu sur le net ? Celui qui mettait en cause le dernier directeur de la prison de la Petite Roquette ?

---Oui, parfaitement, lorsqu'il a voulu revendre *les cinq pierres* qui servaient de support à la guillotine. Il avait été sommé de les remettre à leur place.

---Sur la photo de l'époque, elles étaient positionnées parallèlement, les unes par rapport aux autres.

---C'est exact. Pourtant, là, quatre d'entre elles sont disposées en forme de croix, la cinquième pierre paraît en dessiner la lame. Je connais ce type d'exposition qui semble représenter la poignée de l'*épée de Saint-Jacques*. Cet emblème ressemble fortement à l'*épée de l'Ordre de Santiago* que j'ai étudié l'année dernière.

---Ne serait-ce pas un signe, Pacman ? Comme si le dernier directeur, Jean-Claude Souteneux, souhaitait transmettre un message. Son intention aurait-elle été d'attirer l'attention plutôt que de tirer un bénéfice ?

Après la déconvenue du passage souterrain du cimetière du Père-Lachaise, le regard de Blanco retrouva de la brillance. Son instinct lui indiqua qu'il était sur le point de découvrir ce qu'il était venu chercher, ici, au square de la Roquette, à savoir la fameuse liste des vingt femmes, évoquée par madame Marie-Antoinette Souteneux. Il reprit le dynamisme qu'on lui connaissait et s'exprima avec une engageante détermination.

---Pacman ! Il faut creuser à l'endroit de ce qui semble représenter la pointe du glaive !

---Je pensais la même chose, Blanco ! C'est parti !

La montée d'adrénaline reboosta l'enthousiasme du binôme. Pacman sortit de son sac-à-dos équipé semi-pro, sa mini-pelle escamotable de type US, son burin et sa mini-masse. Les deux acolytes se mirent immédiatement à la tâche. Il était déjà trois heures. Par chance, aucun chat ne traînait dans la rue. Sinon, dans la pénombre, des passants éclairés auraient pu croire à un remake du « *casse du siècle* » commis par la bande à *Albert Spaggiari*, qui s'était introduite, via les égouts, dans la banque de la *Société Générale* à Nice en 1976. Le flic réserviste fut pris d'un fou rire, qu'au vu de la situation pour le moins singulière, Blanco qualifia, d'abord, de réaction nerveuse. L'hilarité de son co-équipier s'intensifiant, Blanco l'interpella de manière interrogative.

---Que trouves-tu de si marrant, Pacman ?

---Oh, rien à voir avec ta recherche d'héritier. (Rire). Je pensais à ton adjoint, Vélasquez. (Rire).

---Eh bien ? Qu'est-ce que Véla vient faire là-dedans ? J'ai raté un épisode, là.

---Non, je t'explique. L'année dernière, lorsque j'ai fait des recherches sur l'*épée de l'Ordre de Santiago*, j'ai découvert qu'un certain *Diégo Vélasquez* en fut nommé chevalier, en récompense de sa fidélité à l'endroit du souverain d'Espagne.

---Je suis désolé, mais je ne vois toujours pas où tu veux en venir.

---Tu imagines, Blanco, si ton adjoint, le Capitaine Vélasquez, était l'un de ses descendants ? (Rire).

---Oh, tu m'inquiètes sérieusement, là, Pacman. Il est effectivement grand temps que tu prennes ta retraite. Tu pars complètement en sucette.

Ils furent pris d'un interminable fou-rire, tout en continuant à creuser, mélangeant leur sueur aux larmes d'allégresse. Finalement, cet état empreint de tant de jovialité, leur donna davantage de cœur à l'ouvrage. Même si l'éventualité d'y trouver quelque chose était mince, ils ne manifestèrent aucun état d'âme.

Soudain, à peu près à cinquante centimètres sous le pavé, un bruit sonnant creux retentit sous l'impact de la pelle. Le duo s'arrêta net, quelques secondes, avant de reprendre de plus belle. Puis leur regard se figea sur une sorte d'objet non identifié, enveloppé hermétiquement d'un ruban adhésif encore intact, protégeant une sorte de toile de jute, renfermant une ancienne boîte à cigare de marque *Stella Clemente Cattaneo*. L'échange de regard entre les deux acolytes resta sans équivoque. En sueur, le souffle court, ils furent parcourus d'un puissant courant électrique. Cette fameuse montée d'adrénaline dont l'assuétude les habitait, il y a encore de cela quelques temps, lorsqu'ils exerçaient leur métier plus sereinement. Ne resta plus qu'à ouvrir ce petit coffret en bois, dans l'espoir, pourquoi pas, de découvrir cette fameuse liste si indispensable à la poursuite de l'enquête. Le cœur de Blanco battit la chamade au point de lui faire rompre la cage thoracique. Le vœu du dernier directeur de la prison, Jean-Claude Souteneux, allait, sans aucun doute possible, ainsi être exaucé, en même temps que le sien. Il inspira et expira profondément pour réguler son rythme cardiaque, comme avant une interpellation imminente. La respiration stabilisée, il s'essuya le front transpirant et se frotta alternativement les mains sur son pantalon treillis pour en retirer la saleté mêlée de terre, de suie et de salpêtre. Pacman, maintenant lui aussi totalement impliqué dans cette affaire, marqua son impatience d'un lourd battement du pied sur le sol terreux. Blanco ouvrit enfin la boîte.

---Putain, je n'en crois pas mes yeux, Pacman ! Il s'agit de cette fameuse liste des vingt femmes dont parlait Marie-Antoinette Souteneux. Cette histoire est complètement dingue. C'est un véritable trésor ! Rachel va halluciner !

---C'est pas vrai ! Tu es incroyable, mon pote.

Ils s'octroyèrent une généreuse accolade, tels deux vieux amis qui se seraient perdus de vue pendant des années. Puis, ils rebouchèrent proprement le trou qu'ils avaient creusé à même la chaussée pavée, sans laisser de trace, comme après une « *perquisition à la mexicaine* ». Pendant que le méticuleux Pacman nettoyait son matériel près de la fontaine du square, Blanco, assis sur son rebord en pierre de taille, lut et relut cette sacrée liste de vingt femmes. Et si l'une d'elles pouvait être la mère du défunt, Alphonse Durant ? Dans l'affirmative, était-elle encore en vie ? Pour deux raisons flagrantes, une identité, celle de Francine Pourtreaux, retint toute l'attention du commandant. *Primo*, elle était la seule à être précédée des lettres K.S., pouvant ressembler à des initiales. *Secundo*, il s'agissait du seul nom ne répondant pas à des origines hébraïques. En conséquence, s'il y avait eu une maman à désigner, il aurait été tout-à-fait envisageable qu'il puisse s'agir de la nommée Francine Pourtreaux. Bizarrement, la liste était précédée d'une croix chrétienne et clôturée d'une sorte de serrure. Blanco et Pacman n'eurent pas d'explication concernant ces symboles parfaitement dessinés. S'agissait-il d'une nouvelle énigme à découvrir ?

L'air satisfait d'avoir rempli leur mission, ils rentrèrent, tels deux mineurs de fond, au domicile du commandant, pour se décrasser. Blanco passa beaucoup plus de temps sous la douche que son ami Pacman. Non seulement, il avait besoin de se nettoyer le corps, mais surtout, de se laver l'esprit pour le moins encombré. Cette affaire semblait prendre un aussi incroyable que favorable virage. Maintenant présentables, les deux amis prirent un copieux petit-déjeuner à la boulangerie du coin de la rue. Blanco resta muet, plongé dans ses pensées. Pacman interrompit le silence.

---Tu as obtenu ce que tu cherchais, bravo frérot.

---Merci, Pacman, sans toi je n'aurais sûrement pas retrouvé cette liste.

---Que vas-tu faire, maintenant ?

---Je vais l'éplucher et essayer de retrouver traces de ces femmes. En espérant que l'une d'elles soit la mère du défunt, Alphonse Durant. Encore merci pour ton aide.

---C'est normal, Blanco. Si tu n'as plus besoin de mes services, je reprends le train pour Maubeuge en début d'après-midi. Surtout, tiens-moi au courant du déroulement de cette énigmatique enquête. J'ai l'impression que tu vas mettre à jour une drôle d'affaire.

---Compte sur moi, mon ami.

Le commandant le déposa à la gare du Nord, puis, dès son arrivée chez lui, s'allongea sur son lit pour appeler la généalogiste, au calme.

---Bonjour, Blanco, quoi de neuf de ton côté ?

---Tu ne vas pas me croire, Rachel. J'ai retrouvé la fameuse liste des vingt-femmes.

---C'est pas possible, mais comment as-tu fait ?

---Ce serait trop long à t'expliquer. Le dernier directeur de la Petite Roquette, Jean-Claude Souteneux, l'avait dissimulée sous les pierres du support de l'ancienne guillotine devant la prison de la Grande Roquette.

---C'est incroyable !

---Comme tu dis. Je n'en reviens toujours pas moi-même.

Aussi ravie de ce résultat inespéré, que frustrée de ne pas avoir assisté à cet impensable rebondissement, Rachel insista pour qu'il lui en narre les détails pour, au moins, le vivre en différé. Blanco, bien qu'éreinté, fit l'effort de tout lui raconter, depuis son réveil en sursaut à quatre heure la veille, jusqu'à la lecture de la fameuse liste. A sa demande, Blanco scanna et lui envoya le précieux « *Graal* » par voie numérique. Elle souhaitait vérifier auprès de Marie-Antoinette Souteneux, si l'écriture correspondait à celle de son défunt père. A peine ils raccrochèrent que le commandant fut gagné par le sommeil. Alors que Rachel, de repos ce week-end, seule dans son cossu appartement du long de la digue de mer à Dunkerque, poursuivit les investigations. Elle reçut confirmation, dans l'heure, d'une Marie-Antoinette très éprouvée par cette découverte, que la liste des vingt noms avait bien été écrite de la main de son père. En revanche, vu la grande qualité des deux dessins de la croix chrétienne et de la serrure, ceux-ci avaient vraisemblablement été ajoutés par son frère, Jean-Claude, qui excellait dans ce domaine. D'ailleurs, les écrits à l'encre violette, d'une calligraphie remarquable, avaient été réalisés à l'aide d'une plume. Tandis que les deux symboles avaient été tracés au moyen d'une fine mine de stylo-feutre noir. Alors qu'elle s'apprêtait à engager les recherches sur les identités de ces vingt femmes et les lettres K.S., son attention fut, une seconde fois, irrésistiblement attirée par ces deux représentations. Se remémorant le récit détaillé de son coéquipier, elle conclut spontanément que la croix pouvait représenter le cimetière du Père-Lachaise, et la serrure, la prison de la Petite Roquette. Elle se saisit immédiatement de son téléphone et réveilla le commandant.

---Blanco, une bonne et une mauvaise nouvelle. La liste a bien été écrite de la main du père Souteneux, l'avant-dernier directeur, c'est confirmé par sa fille. Néanmoins, les deux symboles sont sans doute l'œuvre du fils Souteneux. J'ai l'impression que les croquis de la croix et de la serrure représentent, respectivement, le cimetière du Père-Lachaise et l'ancienne prison de la Petite Roquette. Vu que le document a été enterré, il est fort probable que le dernier directeur ait voulu indiquer une solution souterraine. Es-tu certain de ne pas avoir aperçu un autre passage dans les catacombes ? Tu m'as précisé, qu'à mi-chemin, vous aviez emprunté un tunnel se trouvant sur votre gauche. Cela veut-il dire qu'il y en avait un autre à droite ? La cinquième pierre représentant la lame était dirigée vers quel point cardinal ?

---L'Est ! Ce qui indiquerait le couloir de droite ! Putain, tu as raison, Rachel ! J'y retourne !

A nouveau au cimetière du Père-Lachaise, une heure plus tard, Blanco, seul, emprunta le même itinéraire que celui qu'il prit avec Pacman. Mais, cette fois-ci, il s'engagea dans le corridor bifurquant vers la droite, au niveau de l'embranchement du milieu du parcours souterrain. Son sentiment devint inexplicable, son cœur battait la chamade, tous ses sens étaient en éveil. Bien que ralenti par ce véritable faux-plafond de toiles d'araignées, il parvint assez rapidement au bout de l'étroit tunnel qui se terminait par la présence d'un mur en briques rouges, recouvert d'une épaisse mousse verdâtre. Le commandant savait que cette substance humide et suintante avait fragilisé et rendu poreux les joints. Il se mit immédiatement à la tâche pour le percer, à l'aide du matériel que lui avait laissé Pacman.

Après deux heures d'effort, il réussit à passer de l'autre côté de l'épaisse paroi. A son grand étonnement, il y découvrit une sorte de bunker souterrain comportant sur la partie gauche, six cachots disposés parallèlement. Seul le premier, bien qu'un peu plus petit que les cinq autres, comportait des commodités et un lit simple. La configuration des cellules ressemblait étrangement à celle dont il avait cauchemardé l'autre nuit. Des châlits en mauvais état de conservation meublaient les cinq geôles identiques. Chacune représentait une capacité d'accueil de quatre personnes. Le compte fut vite fait, les vingt femmes de la fameuse liste auraient très bien pu y être incarcérées. En vis-à-vis, sur la partie droite du couloir, en entrant par la trouée, deux chambres équipées de sanitaires étaient respectivement meublées de trois lits. Blanco envisagea aussitôt, qu'il pouvait s'agir des chambrées des geôliers. La pseudo-mère d'Alphonse Durant, madame Irma Ventut, aurait-elle été l'une des gardiennes de cette prison officieuse ? Ces nouveaux éléments semblèrent abonder en ce sens. Déjà étourdi par cette surprenante découverte, il poursuivit sa progression d'une trentaine de mètres, dans un couloir étroit. Jusqu'à ce qu'il soit stoppé, net, par la présence d'une épaisse porte métallique. Après un effort intense, il parvint à l'entrouvrir suffisamment pour pénétrer dans une sorte d'arène, bordée de deux rangées d'assises bétonnées, encerclant une vieille estrade en bois. Parcouru de frissons, son regard se figea sur cette apparente scène lugubre de spectacles privés. Mais de quel genre de représentation s'agissait-il ? Et surtout, qui en composait le public ? Quels en étaient les acteurs ? Cette affaire commençait sérieusement à sentir mauvais.

Il n'était pas au bout de ses surprises. Alors qu'il s'imprégnait de cette atmosphère nauséabonde, il découvrit un nouvel accès très étroit, qu'il emprunta sur une vingtaine de mètres, jusqu'à une imposante porte métallique recouverte par la rouille du temps. L'air aussi interrogateur qu'impatient, rassemblant ce qu'il lui restait d'énergie, il réussit à l'ouvrir suffisamment. Une effluve toxique lui agressa les muqueuses nasales et les voies respiratoires. La rotation forcée des trois charnières oxydées déclencha un tel grincement strident, qu'il résonna dans toutes les galeries environnantes et lui perça les tympans. L'excitation atteignit son paroxysme, le palpitant battant la chamade, le souffle court, il se glissa dans une pièce funèbre, d'à peine neuf mètres carrés, au sol en terre battue et aux murs dégoulinant d'humidité, tapissés de moisissure. L'odeur de la mort, qui prédominait sur celle d'une hygrométrie démesurée, flottait encore dans cet air vicié. A peine le temps de parcourir à 360° cet endroit glaçant, que le faisceau lumineux de sa lampe frontale se fixa sur un macabre monticule de squelettes enchevêtrés. A sa grande stupeur, il comptabilisa l'invraisemblable nombre de vingt-cinq crânes humains, présentant, chacun, un trou régulier entrant, en plein milieu de l'os frontal, et un éclatement sortant, au niveau du pariétal. Il ne fit aucun doute qu'il s'agissait d'impacts de balles provenant d'une exécution sommaire. Malgré l'horreur, il dut garder son calme. Par expérience, il ne toucha à rien pour préserver les traces et indices, si précieux sur une scène de crime. Puis, il remonta à la surface, respectant un alourdissant silence de mort.

Littéralement abasourdi par cette morbide découverte, il prit un remontant au bar du coin pour digérer cet épouvantable moment et, surtout, réemmagasiner de l'oxygène relativement pur. Couvert de suie et de poussière, la mine des mauvais jours, il donna l'apparence d'un mineur de fond dont les vingt-cinq camarades auraient été soufflés par un impitoyable coup de grisou. Il resta impassible aux regards interrogateurs du serveur et de son seul client, heureusement très aviné. Cette affaire prenait une horrible tournure. Blanco commençait à y voir un peu plus clair. Du lourd secret de cette prison de la Petite Roquette, ou plus exactement, celui de son officieuse annexe souterraine, il devint fort probable que l'on remonte à la mère du défunt, Alphonse Durant. Elle pourrait être Francine Pourtreaux, figurant sur la liste des vingt noms. Mais, il semblait envisageable qu'elle fasse partie des vingt-cinq squelettes du charnier. Peut-être que les lettres K.S. correspondaient à l'identité du géniteur ? Il convenait de rester pragmatique. Le plus important était de garder secrète cette découverte. Seules les recherches d'ADN permettraient d'établir un lien entre les ossements découverts et le pauvre Alphonse Durant. Blanco, maintenant sorti du chaos, empoigna son téléphone pour appeler son ami légiste.

---Blanco ! Ça doit être grave pour que tu m'appelles à cette heure ?

---Tu ne penses pas si bien dire, Harry. Minuit vient de sonner, mais rejoins-moi rapidement à la brasserie du Père-Lachaise. Prévois du matos pour de nombreux prélèvements ADN.

En attendant l'arrivée de son pote médecin-légiste à l'Institut Médico-Légal de Paris, il téléphona à Rachel qui resta complètement muette à l'écoute du terrifiant récit. Il la fit frissonner pour une toute autre raison, cette fois-ci . Elle s'engagea à ce que son directeur prenne en charge les frais de recherches d'ADN. Blanco lui promit de la tenir informée de l'évolution de l'affaire. Il raccrocha rapidement, à la vue de l'arrivée d'Harry.

---Blanco, ça fait plaisir de te revoir ! Tu es couvert de saleté, tu étais enterré vivant ?

---Tu ne sais pas si bien dire, toubib ! Prends une chaise !

Chapitre 5 - Révélation de l'horreur -

Le « toubib », comme se plaisait à le surnommer Blanco, était un fan inconditionnel du commandant. Lors d'engagés débats à refaire le monde dans les bars nocturnes de Paris, le célibataire sexagénaire Harry aimait s'enivrer des incroyables rebondissements des enquêtes de son ami, et *vice versa*. Sur les scènes de crime, tous deux rivalisaient à celui qui se rapprocherait le plus de l'heure du décès et de sa cause. Le rituel imposait de comparer les deux petits papiers et, au perdant, d'offrir le resto, l'*after* incombant à l'autre. Leurs analyses et diagnostics incontournables mettaient à mal les mis en cause, eurent-ils le meilleur avocat de la place, *Éric Dupond-Moretti*. Lorsqu'il reçut son appel, le toubib le rejoignit *illico presto*, certain qu'il le sortirait de son quotidien parfois asservissant. Piaffant d'impatience, assis face à lui, il l'écouta aussi attentivement qu'un premier de la classe.

---Voilà, toubib. Depuis quelques jours, j'aide officieusement une généalogiste qui enquête sur une recherche d'héritier, que je croyais, au départ, dépourvue d'intérêt. Mais, mal m'en a pris. Pour faire court, car le temps presse, j'ai l'impression d'avoir déterré une bombe à retardement. Alors que je pensais avoir retrouvé la mère du défunt né sous X…, j'ai découvert qu'il n'en était rien et que, peut-être, elle travaillait en qualité de gardienne officieuse dans un bunker souterrain localisé sous l'ancien centre de détention de la Petite Roquette. En apparence, il s'agirait d'une pseudo-prison pour femmes qui aurait pu servir à assouvir les pulsions sexuelles de détraqués, sous l'occupation allemande. Je viens d'y découvrir un charnier comptant vingt-cinq crânes. Tous présentent un trou provenant sans doute d'une balle tirée en plein front. Il ne fait pas l'ombre d'un doute qu'il s'agisse d'une exécution sommaire. Je pense que la mère du défunt compte parmi les vingt-cinq victimes.

---Impensable, Blanco. Pour rester pragmatique, qui va prendre en charge les frais des prélèvements ADN ?

---Le cabinet généalogiste dunkerquois s'y est engagé. Dès lundi matin, un coursier nordiste nous remettra l'ADN du regretté Alphonse Durant, pour la comparaison avec ceux que tu vas prélever.

---Mais tu as mis la main sur quoi, Blanco ?

---Une drôle d'affaire, toubib. A l'évidence, c'était le vœu du dernier directeur de cette prison que de livrer cette vérité au monde et, sans doute, de rendre les victimes à leurs familles.

---Si tel n'avait pas été le cas, il aurait purement et simplement détruit la liste. Personne n'aurait établi le lien, même si ce charnier avait été découvert un jour.

---Alors, tu es partant ?

---Plutôt deux fois qu'une ! En plus, nous n'avons pas messe ce dimanche matin !

Cette pointe d'humour détendit quelque peu l'ambiance sinistre. Sans perdre un instant, ils descendirent dans les catacombes et réempruntèrent le même itinéraire d'un kilomètre. Les lieux glacèrent le sang du légiste qui découvrit, ainsi pour la première fois, les sous-sols parisiens. Ses os auraient pu se briser de froid lorsqu'il arriva devant le charnier des vingt-cinq cadavres empilés les uns sur les autres. L'air vicié accentua la vision de l'horreur. Transpercé par ces souffrances passées, il fut sujet à de violentes nausées. Pourtant, il en avait vu d'autres. Blanco le réconforta d'une tape compatissante sur l'épaule, lui indiquant, par la même, qu'il devait entrer en action. Plus les prélèvements avancèrent, plus les traits d'anxiété sur son visage s'atténuèrent. Le professionnalisme prit enfin le pas sur l'affectif. Ils figèrent la scène de crime au moyen de nombreux clichés photographiques et procédèrent, méticuleusement, aux prélèvements ADN sur les vingt-cinq crânes et autres ossements. Très éprouvés après plusieurs heures de pénible labeur, ils remontèrent à la surface sans prononcer le moindre mot, dans un silence de mort. L'heure du petit-déjeuner sonna, mais aucun d'eux n'eut d'appétit, l'esprit encore dans les catacombes. Ils prirent juste un café très serré au bar du coin. Blanco rompit le mutisme.

---Encore merci, Harry. Sans toi, ça aurait été très compliqué, surtout que nous devons taire cette découverte dans l'immédiat. Je dois me rendre auprès de la pseudo-mère, madame Irma Ventut, toujours en observation au C.H.U. d'Henri Mondor. Je suis maintenant persuadé qu'elle va m'en apprendre davantage. Je fais vite, ses heures sont comptées.

---Moi aussi, je te laisse. Je vais activer les analyses ADN pour la comparaison, demain, avec celui du défunt.

Après une humble accolade, les deux hommes se séparèrent avec la pudeur de vétérans. Comme eux, ils savaient mais ne pouvaient l'exprimer. Blanco regagna son appartement. Aussitôt douché, plus déterminé que jamais, il prit la route du C.H.U. de Créteil. Sur place, à 8 heures, il fut reçu par son ami médecin qu'il avait préalablement prévenu de son arrivée imminente. Lequel l'informa que l'état de santé de Madame Ventut s'était sensiblement dégradé ces dernières heures.

---Cet entretien revêt une importance capitale pour mettre à jour un horrible crime perpétré durant la Seconde Guerre mondiale. J'ai découvert, sous l'ancienne prison pour femmes de la Petite Roquette, un charnier de vingt-cinq cadavres à immortaliser.

---Non, tu es sérieux, Blanco ? Je comprends un peu mieux ton engouement à l'entendre.

---J'ai une dernière faveur à te demander. Peux-tu la placer sous morphine, son effet euphorisant l'aidera à parler sans retenue et, aussi, sans douleur.

---Promis. Sache qu'il ne lui reste que peu de temps.

Le commandant s'assit au bord du lit de la vieille dame, qui paraissait encore plus âgée que les deux autres fois. Elle comprenait, à la gravité de l'expression des traits de son visage, qu'il avait trouvé quelque chose d'éprouvant. Après un lent hochement de tête vertical, elle s'adressa très faiblement à lui.

---Je me doute que vous n'êtes pas venu me voir uniquement pour prendre de mes nouvelles. Le temps presse, alors, écoutez-moi attentivement et enregistrez ce que je ne pourrai vous répéter.

Blanco activa le dictaphone de son téléphone portable, puis écouta le récit de cette vieille dame.

---J'avais juste l'âge de la majorité de l'époque, lorsqu'en mai 1943, j'ai été arbitrairement arrêtée par un policier français pour un soi-disant vol que j'aurais commis chez un épicier de la banlieue Est de Paris. Fille unique de parents décédés, eux-mêmes orphelins, je correspondais au profil idéal pour exécuter la mission qu'il me proposait. Contrainte par cette fausse accusation, j'acceptais son intention qui me garantissait la liberté, du moins je le pensais, mais surtout, un toit et le couvert. Je me retrouvais gardienne d'une prison souterraine pour femmes, dont l'accès s'effectuait par le cimetière du Père-Lachaise. Je n'en ressortis, d'ailleurs, que le 6 janvier 1944, jour de la naissance du petit Alphonse. Je comprenais, malheureusement trop tard, ma mission en rejoignant une équipe de cinq surveillantes, présentant des caractéristiques similaires aux miennes. Nous étions logées dans deux sortes de chambres, face à six cellules de prisonnières. Dix-neuf très belles jeunes femmes juives étaient enchaînées aux chevilles dans cinq des cachots, soumises à un horrible sort. Nous n'en étions pas témoins, mais ces filles étaient abusées en public, dans une sorte d'arène. Nous sûmes que les spectateurs et acteurs étaient de hauts gradés allemands et quelques sympathisants notoires du gouvernement de Vichy. Après ces terribles exactions, les pauvres filles présentaient les stigmates des horribles agressions. Ces spectacles morbides de viols collectifs, d'actes de torture et de barbarie, se déroulaient le samedi soir. Je vous épargnerai les insoutenables détails qui me hantent encore l'esprit. Nous avions la totale interdiction de leur adresser la parole. Pour autant, l'une d'elles m'avait confié qu'un haut gradé de l'armée allemande, les avaient recrutées sur des critères esthétiques, alors qu'elles étaient en phase d'attente de déportation vers les camps de concentration et d'extermination. La vingtième jeune femme subissait un sort particulier. Francine, une ravissante blonde élancée, aux yeux bleus, une résistante arrêtée par la police française, avait été livrée aux Allemands. Elle fut recrutée par ce haut gradé germanique, au camp de Drancy, le même jour que les dix-neuf juives. Ses conditions de détention étaient proches des nôtres. Elle mangeait à sa faim, bénéficiait d'une bonne hygiène corporelle. Même si jamais nous ne voyions les rayons du soleil et ne respirions l'air pur. Ce colonel allemand lui rendait régulièrement visite. Dixit, Francine, il se prénommait Karl. Il l'avait recrutée à cause de sa ressemblance avec sa femme, infertile. Elle en tomba rapidement enceinte et ne le revit plus. Accompagné d'un très vieux médecin, le directeur de la prison de la Petite Roquette, Monsieur Armand Souteneux, venait mensuellement vérifier l'état de santé de la jeune mère-porteuse. Deux des dix-neuf jeunes femmes étaient, elles-aussi, enceintes de leurs bourreaux. Ainsi, une disposition particulière avait été prise à l'époque, en incarcérant la « *preneuse d'anges* » de l'Ouest de la France, pour procéder aux deux avortements. Le comble de l'horreur fut qu'il eut été inconcevable pour ces Allemands, de perpétuer la race juive. Les deux I.V.G. furent réalisés par cette femme mais le directeur fut contraint de la faire guillotiner fin juillet 1943. Car, détenue dans l'officielle prison de la Petite Roquette, elle menaçait de tout dénoncer en échange d'une semi-liberté. Elle avait perdu la tête, au sens propre comme au figuré. Puis, arriva cette fameuse journée du 6 janvier 1944. Le directeur de la prison me remit le petit garçon de Francine pour le déclarer sous X... comme je vous l'ai décrit l'autre jour.

La gorge sèche, la vieille dame but une rasade d'eau, juste ce que son corps pouvait encore accepter. Soudainement, madame Irma Ventut sembla lâcher prise. Blanco intervint avant qu'il ne soit trop tard.

---Pourquoi ne pas l'avoir remis au Colonel ?

---Ce sera toujours un mystère. Après avoir déposé le petit Alphonse, j'ai réussi à échapper à la vigilance du policier recruteur qui devait me raccompagner à la prison souterraine. J'ai profité de cette sortie pour fuir mon horrible mission que j'ai toujours tue. Ensuite, j'ai rejoint les Forces Françaises de l'Intérieur dans le patriote combat mené par la résistance.

---Quels sont les noms de vos cinq collègues gardiennes ?

---A l'E.H.P.A.D., dans ma table de nuit...

La vieille dame poussa son dernier soupir et parut enfin libérée du trop lourd et long secret. Etonnement, ses cheveux blancs retrouvèrent leur couleur d'origine, brun foncé. Le commandant lui ferma les yeux, dont les paupières devinrent si légères, et lui croisa les mains complètement détendues, sur sa frêle poitrine apaisée. Groggy, il sortit de la chambre, échangeant juste un regard rempli d'humilité avec son ami médecin, lui aussi sous le choc du macabre récit. Blanco éprouva le besoin de prendre un bol d'air pur dans le parc boisé du centre hospitalier. Il s'assit sur un banc et inspira à plein poumon, avant d'expirer lentement. Il réécouta l'enregistrement de l'impensable et inespérée révélation. Il en rendit compte, immédiatement, à son amie généalogiste qui resta sans voix. Blanco brisa le silence.

---Il y a maintenant de fortes probabilités pour que la mère biologique du défunt, Alphonse Durant, soit Francine Pourtreaux, qui doit faire partie des vingt-cinq squelettes. La comparaison d'ADN nous le confirmera. Reste à découvrir qui est ce Karl S. Nous ne sommes pas au bout de nos surprises. Pour l'instant, il est essentiel de ne pas avertir les médias.

---Tu as raison. Et pourquoi ces vingt-cinq exécutions ?

---A l'évidence, les Allemands ont voulu cacher leurs horreurs, à l'aube de la débâcle du IIIème Reich. Ils ont exécuté, d'une balle dans la tête, les dix-neuf jeunes femmes juives, la résistante, Francine Pourtreaux, et les cinq gardiennes. La complicité du directeur de la prison, du vieux médecin et du policier recruteur, leur assurait la confidentialité de leur horrible crime de guerre. Sans compter, qu'ils se doutaient que la sixième surveillante en fuite, ne se vanterait pas de son rôle.

---Si Madame Irma Ventut était revenue au bunker souterrain, nous n'aurions jamais rien su de cette macabre histoire. Elle aurait été la vingt-sixième victime.

---L'élucidation d'enquêtes dépend, souvent, d'un petit rien et, parfois, d'un coup de pouce du destin.

110

---Et dire que des gens indignes, pour rester polie, osent encore parler de détails de l'histoire.

---C'est du marketing, Rachel. Des personnes malintentionnées se feront toujours leur beurre sur le malheur des autres. J'ai la nette impression que le monde perd tout son sens. Enfin, restons concentrés sur ce Karl qui reste le seul moyen de remonter à un éventuel héritier. Il est presque établi que la résistante, Francine Pourtreaux, soit la mère du défunt, Alphonse Durant. Celle-ci, vraisemblablement sans héritier, il n'y a guère que du côté de ce haut gradé allemand que l'on peut en retrouver trace. Je viens d'entendre un bruit de verre cassé, ça va, Rachel ?

---Oui ne t'inquiète pas, je reçois une vieille connaissance de fac, ce midi, il vient de laisser tomber le broc de bière.

---Bon, cet après-midi je bosse sur le dossier Karl S.

---Ok, je plancherai aussi sur lui et sur les noms des victimes.

Blanco arriva enfin chez lui pour se poser un peu. Il s'étala de tout son long sur son lit, ferma les yeux et s'administra une nécessaire séance de sophrologie. Après vingt minutes de relaxation réparatrice, les idées devinrent claires comme de l'eau de roche. Outre la mission de recherche d'héritier, l'élucidation de cette affaire devenait un devoir de mémoire et les victimes devaient être rendues à leurs familles. Alors qu'il songeait à cette quête de la vérité, il fut dérangé par l'appel téléphonique de son jeune chef de service.

---Bonjour, Commandant ! Ça remue pas mal ici, avec l'assassinat de « *Petit Prince* ».

---Bonjour. Dans le « *milieu* » ou dans la maison ?

---Chez nous. Le directeur veut des résultats rapidement Mais nous sommes creux sur cette affaire. Vos gars, et, figurez-vous, même nos services concurrents, disent que vous êtes l'un des seuls à pouvoir mettre à jour cette enquête. Je sais que vous êtes en congés et je n'ai pas l'intention de vous faire revenir. Mais pourriez-vous mettre en branle vos réseaux ?

Le Commandant s'amusa de cette discussion. Finalement, son commissaire aux nouvelles méthodes, venait quémander des informations auprès du flic aux préceptes qu'il qualifiait pourtant, quelques temps auparavant, d'obsolètes. Adepte de la loi du talion, il en attendait un peu plus de la part du petit nouveau, pour qu'il apprenne définitivement de son erreur.

---Au cours de ma carrière, je n'ai jamais attendu qu'on me demande de travailler. Je suis, certes, désabusé du manque de pertinence de votre management. Il n'empêche que tant que je serai flic, je continuerai à bosser. Ce qui veut dire, Monsieur, que mes contacts ont déjà été sensibilisés. Cette affaire va sortir, soyez-en assuré, c'est une question de temps. Je sais pouvoir compter sur mon adjoint, Vélasquez. C'est un tout bon.

---Merci beaucoup, Commandant. J'attends de vos news. Comme il me l'avait demandé, je confirme au directeur que vous êtes sur le coup.

Blanco appela, immédiatement, Vélasquez pour lui faire part de cet entretien téléphonique.

---Ecoute, Véla, pour moi c'est fini, je vais raccrocher.

---Tu déconnes, Blanco ? On a besoin de toi.

---Non, je suis très sérieux. Tu avais raison, les temps ont trop vite changé. Je crois que j'irai droit dans le mur si je ne m'arrête pas à temps. Le système est vicié, on ne peut plus faire confiance à qui que ce soit. Je vais te positionner sur l'affaire de l'assassinat de « *Petit Prince* » pour te permettre de tenir encore quelques temps et que tu prennes ton galon de Commandant.

---Merci, Blanco. Tu en es où sur ton affaire officieuse ?

---Tu verras, je crois que c'est une bombe à retardement.

Il appréciait énormément son adjoint, très typé hispanique, au physique à la *Serpico*, pour les plus anciens. Sa loyauté était sans faille, à l'image de sa fidélité envers sa femme, Juanita, malgré les nombreuses sollicitations. Le commandant était le parrain de leur fils, Miguel. Ils formaient un binôme très solide. C'est uniquement à lui que Blanco passerait le relais, un jour.

L'appel terminé, Blanco se reconcentra sur ses recherches. Il restait à identifier ce Karl S. pour permettre de poursuivre les investigations. La présence de ses initiales, sur la fameuse liste des vingt femmes, devant le nom de Francine Pourtreaux, laissait clairement penser qu'il puisse être le géniteur du défunt, Alphonse Durant. Il pourrait ainsi comparer ses notes avec celles de Rachel qui, la connaissant, devait plancher non-stop sur le sujet.

Chapitre 6 - L'imprévisible obstacle -

Si ce flic réputé « *à l'ancienne* », rencontrait des difficultés avec les nouvelles consciences dirigeantes, il ne négligeait pas l'usage des outils contemporains. Ainsi, il optimisait ses bonnes vieilles méthodes, en les enrichissant des toutes dernières technologies. Inutile d'user ses fonds de pantalon sur les bancs des bibliothèques, surtout un dimanche après-midi, alors qu'on lui offrait ce service à domicile. Les premières sollicitations de son assistant universel privilégié, Google, lui permirent d'identifier, à coup sûr, le fameux haut gradé allemand, Karl S.

Selon toute vraisemblance, il devait s'agir de Karl Strohrer, né en 1912 en Hongrie, fils de paysans, profondément catholique et antisémite. Après avoir travaillé, dès son plus jeune âge, en Autriche, il adhérait, au début des années 30, au mouvement pour le moins engagé du N.S.D.A.P. (Nationalsozialistische Deutsche Arbeiterpartei), plus connu sous la dénomination du « *parti nazi* ». En 1933, il intégrait la Légion autrichienne, vivier des futurs responsables de la Shoah, avant de devenir l'un des cadres dirigeants du Bureau Central pour l'Emigration juive à Vienne, fondée en 1938 par Adolf Eichmann. A ses côtés, après être entré à la S.S. puis à la S.D. en 1939, il devenait l'un des rouages essentiels dans la « *solution finale* ». L'histoire l'identifiera comme étant le coordinateur de la déportation, vers les camps d'extermination, de 47 000 juifs et 5 000 tziganes, en Autriche ; en Grèce, de 43 000 juifs ; en Allemagne, de 20 000 juifs ; ou encore, en

France, de 25 000 juifs et résistants. Il était nommé chef du camp de Drancy en 1943. Date à laquelle, il avait « sélectionné » les dix-neuf jeunes femmes juives et la résistante, devenue mère-porteuse, Francine Pourtreaux.

Après quelques heures de recherches lugubres, Blanco éprouva le besoin d'en sortir. Il végétait, là, complètement abasourdi dans son canapé qui ne lui parut jamais aussi confortable. Moulte questions lui taraudaient le cerveau. Comment l'être humain avait-il pu commettre de pareilles horreurs ? Comment avait-on pu laisser se perpétrer un tel génocide ? Et dire qu'aujourd'hui, on a le sentiment que les gens ont tout oublié, puisque le nationalisme connaît une montée exponentielle, notamment, dans les pays se disant civilisés. Si sa génération connaissait ces monstruosités du passé, il lui sembla vital de raviver la mémoire de ces atrocités de guerre, pour qu'une telle cruauté ne se reproduise. Et pourtant, l'extermination des ethnies amérindiennes en Amérique, encore enseignée dans les manuels scolaires, n'avait pas servi de leçon. A l'instar de ce massacre racial de la Seconde Guerre mondiale, qui a laissé place à d'autres nettoyages ethniques dans bien des parties du globe : des Tutsis au Rwanda ; aux Rohingyas en Birmanie ; en passant par les Yazidis en Irak. Et que dire, comme évoqué précédemment, de la montée du racisme au cœur même des grandes nations dirigeantes, pourtant donneuses de leçons.

Cette affaire de recherche d'héritier, au départ si anodine, le fustigeait finalement de l'ignorance de son confort, qu'il croyait tant incommodant. A cet instant, il fut empreint d'un profond sentiment de honte qui révéla son étroitesse d'esprit du moment. Pleurnichant, il y a quelques jours encore, victime de cette fracture générationnelle qui se transforma, pour le coup, en toute petite fêlure, à peine visible sur la radiographie. Ainsi, il relativisa plus rationnellement son si petit mal-être, face aux véritables souffrances passées, en cours et, malheureusement, à venir dans ce bas monde. La gravité de cette enquête et celle des horreurs encore d'actualité, lui interdirent de se lamenter sur son sort. Il n'allait rien lâcher tant qu'il n'aurait pas éclairci cette troublante découverte. En cas de succès, il se devra de révéler à l'opinion publique, les faits odieux commis par ces nazis et leurs assistants-collabos. Habité d'une volonté renouvelée, il était décidé à aller au bout de ses recherches pour fouiller dans le passé trouble de ce sinistre Karl Strohrer.

La courte nuit agitée lui porta conseil. Par le biais des différentes associations juives qui luttaient encore pour la mémoire de ces atrocités, il bénéficia d'un rendez-vous express, auprès de l'une d'entre elles, basée en plein cœur de la capitale. Ce lundi 11 septembre, en milieu de matinée, il se retrouva en terrasse d'un bar-restaurant du 15ème arrondissement, attablé avec deux vifs septuagénaires, anciens « *chasseurs de nazis* ». Après une présentation succincte du mobile de sa sollicitation et une analyse précautionneuse des deux interlocuteurs de métier, l'un d'eux prit la parole, l'autre, observant attentivement l'environnement immédiat.

---Nous avons beaucoup travaillé sur ce Karl Strohrer, dans la mesure où il a été l'un des principaux artisans de *la Shoa.* Comme vous devez le savoir, six millions de juifs ont ainsi été exterminés, en Europe, pendant la Seconde Guerre mondiale. Nous l'avons pisté pendant de nombreuses années, pour finalement le retrouver en Argentine, fin 1992. Il était propriétaire d'une immense entreprise agricole dans la région de Buenos Aires. Nous lui avons rendu visite, cette année-là, dans son gigantesque ranch localisé dans la province jouxtant le sud de la capitale. Après son exil, il vivait sous le pseudonyme de Carlo Pequena Eruca.

---Qu'est-il devenu ?

---Dès lors, nous ne l'avons plus lâché d'une semelle, de jour comme de nuit. Un mandat d'arrêt international avait été délivré, mais à l'époque il n'existait pas de traité d'extradition en Argentine. Alors, nous l'avons menacé de tout révéler à son fils, Juan, s'il ne se rendait pas de son propre chef à la Cour Pénale Internationale de La Haye, pour y être jugé des horribles crimes qu'il avait commis pendant cette satanée Seconde Guerre mondiale. Malheureusement, il n'a pas pu résister longtemps à la pression. Il s'est pendu dans l'un des box de sa propriété pour échapper au procès. A notre grand regret, non pas qu'il soit mort, mais que l'histoire n'ait pas été en mesure de le reconnaître, officiellement, responsable et coupable de ses actes inqualifiables.

---Vous me dites qu'il avait un fils ?

---Oui. Il était veuf depuis la fin des années 60, sa femme, dépressive, s'était suicidée, elle aussi. Nous avions appris, alors que son mari avait déjà pris la poudre d'escampette en Amérique du Sud, qu'elle avait fait partie des plus de cent mille Berlinoises violées par les soldats de l'Armée rouge, lorsqu'ils prirent d'assaut la ville de Berlin, en mai 1945. En revanche, son fils, Juan, était toujours en vie, à l'époque.

---Connaissait-il le lourd passé criminel de son père ?

---Il devait avoir de sérieux doutes. Mais nous ne pensions pas qu'il connaissait le gravité des atrocités commises par son géniteur. Il doit avoir plus de soixante-dix ans, aujourd'hui. Nous l'avions surveillé, aussi, cette année-là. Il semblait en marge de la société. Il ne s'était jamais marié, n'avait pas eu d'enfant. Il restait toujours isolé sur la terrasse couverte de leur grande bâtisse, à se balancer à longueur de journée sur son rocking-chair. Il présentait cette particularité de toujours avoir le visage recouvert d'une épaisse couche de protection solaire.

---Un fils, alors que sa femme était infertile ? Bizarre.

---Nous ne possédions pas cette information. Quand pourrez-vous nous communiquer la liste ?

---Très bientôt. Il reste à comparer les ADN et je dois retrouver ce Juan Pequena Eruca pour boucler l'affaire de la recherche d'héritier. Vous serez les premiers avisés. Surtout, je vous demande la plus totale discrétion.

---Comptez sur nous, Commandant. Faites très attention à vous, c'est un sujet très sensible, surtout de nos jours. Vous risquez de devoir faire face à certains détracteurs.

---Merci pour l'info. Je vous demanderai juste une faveur. Pourriez-vous, lorsque je vous remettrai la liste, prendre à votre charge l'identification des familles en comparant leurs ADN avec ceux des dix-neuf victimes ?

---Cela va de soi, Commandant.

---Puis, je vous laisserai le soin de communiquer, l'impact médiatique n'en sera que plus porteur.

L'atmosphère de méfiance s'étant totalement dissipée, les trois hommes s'échangèrent une sincère accolade. Puis, après un intense échange de regards de compassion et de reconnaissance, ils s'évaporèrent chacun de leur côté. Blanco attendit d'être au calme pour appeler Rachel, mais elle le devança, en furie.

---Je n'ai pas de mots, Blanco ! Mon directeur vient de prendre la décision de clôturer définitivement cette enquête. Il n'enverra pas l'ADN du défunt.

---C'est impossible Rachel, je tiens peut-être un héritier.

Abasourdi, le commandant lui narra brièvement son entretien avec les deux anciens « *chasseurs de nazis* ». La généalogiste n'en crut pas ses oreilles. Mais elle restait consternée par l'incompréhensible prise de position non négociable de son chef d'agence. Alors que tous deux cherchaient une explication rationnelle au renversement de situation, Blanco répondit à un double appel.

---Salut, Blanco, c'est Mike. C'est urgent, on doit se voir tout de suite où tu sais !

Le commandant reprit la discussion avec Rachel.

---Calme-toi, on va tâcher de trouver une explication. Je dois te laisser pour une urgence. A tout à l'heure.

Pourquoi était-il mis fin à l'enquête aussi bien engagée ? Et, de quoi s'agissait-il pour qu'il se rende, sans aucune explication, au rendez-vous fixé par ce Mike ? C'était l'un de ses anciens flics de la Sûreté Départementale des Alpes-Maritimes, avec qui il avait travaillé, il y a de cela quelques années, notamment pour déjouer un sombre montage d'affaires qui avait failli coûter la prison à Blanco (*). Ce loyal collègue, un fin limier de la brigade des stups, la quarantaine bien tassée, avait ensuite muté à Annecy, puis à Paris, pour prendre un peu de distance avec le « *milieu* » agacé par son entêtement. Il officiait maintenant dans un service de police du renseignement dans la capitale, dédié à la préservation de l'entourage de l'équipe de France de football et à l'encadrement des rencontres du *Paris-Saint-Germain*. Le brigadier et le commandant se rencontraient régulièrement au *bar des deux stades* près du *Parc des Princes*. Blanco s'y rendit, déjà attendu par « *Monsieur Mike* », comme il l'appelait.

---T'en fais une tête !

---En tout cas, la tienne semble être mise à prix !

---C'est quoi ce délire, *Monsieur Mike* ?

---Je serai bref. Je travaille sur la surveillance téléphonique de néo-nazis parisiens qui ont, notamment, des ramifications dans le nord de la France, plus précisément à Lille et à Dunkerque. Le mois prochain, le *PSG* doit accueillir, pour le compte de la ligue des champions, l'équipe de football du *Borussia*

(*) *voir Blanco 1, « Insoupçonnable vengeance » chez BoD.fr.*

de Dortmund dont la tribune « *mur jaune* » des supporters, s'est ostensiblement moquée du groupe d'extrême droite français. Bien qu'interdits de stade, ces ultras comptent en découdre, aux abords de l'enceinte, avec des visiteurs germaniques plutôt pacifiques.

---Où est le rapport avec moi ?

---Ton surnom, *Blanco*, apparaît clairement dans une discussion entre l'un des néo-nazis lillois et l'un de ses homologues parisiens, au sujet d'un charnier de la Seconde Guerre mondiale que tu aurais récemment découvert. Il cite une nommée Rachel Trakkof et son directeur, qui aurait déjà été approché, tôt ce matin, devant son domicile à Dunkerque, pour stopper la procédure. Toi et sa collaboratrice, devriez subir de sérieuses pressions, voire plus, si vous n'exécutiez pas les directives. Ce ne sont pas des rigolos, Blanco. Ils veulent taire ou nier tous les méfaits commis à l'encontre des juifs, ils organisent un véritable lavage de cerveau en Europe, auprès d'éventuelles recrues. Mon chef de service a prévenu le tien.

---Ok, merci mon pote. Beau boulot, je te le revaudrai.

Ils se quittèrent sur une franche accolade, Mike lui remis le blase des deux interlocuteurs. Blanco demanda à Rachel de le rappeler d'un autre téléphone, sur son appareil « off ». Ce qu'elle s'empressa de faire.

---Ecoute-moi bien, Rachel. Cette discussion n'a jamais eu lieu. Notre affaire a fuité. Il faut que tu quittes ton domicile et que tu te réfugies dans un endroit sûr. N'utilise pas ta voiture, prends un taxi. A qui as-tu parlé de l'enquête ?

---Uniquement à mon directeur.

---La fuite vient peut-être de lui. Attends un peu ! Peux-tu me donner le nom de ton pote de fac qui était chez toi, hier ? Est-ce que ses initiales sont J et L ?

---Oui. Tu me fais peur, là.

---Il a sans doute entendu une partie de notre conversation. C'est pour ça qu'il a fait tomber le broc de bière. Il est à la tête d'un groupe de néo-nazis et a mis la pression sur ton directeur, ce matin, chez lui.

---Merde, c'est pas possible, quelle conne ! Je me souviens avoir mis le haut-parleur un moment car j'avais les mains occupées. Je suis désolée, Blanco.

---Non, tu ne pouvais pas savoir. Notre affaire risque de capoter, faut que je trouve la solution. En attendant, mets-toi rapidement en sécurité. Tu me donneras l'adresse pour bénéficier d'une surveillance policière.

Blanco rentra directement chez lui. A sa grande surprise, son adjoint, Vélasquez, et le jeune commissaire l'y attendaient. Sa porte d'entrée avait été fracturée au moyen d'un pied-de-biche et son appartement complètement fouillé. Ils l'informaient qu'une nouvelle écoute téléphonique venait de révéler cette intrusion commise par les membres de ce groupe néo-nazi, à la recherche de la fameuse liste des vingt-femmes et du lieu de découverte du charnier. Son jeune commissaire l'avisa sur un ton sévère, lui reprochant de ne pas l'avoir tenu informé de cette affaire. Blanco lui fit un bref et concis topo de la situation. Le jeune chef de service n'y alla pas par quatre chemins.

---Cette affaire connaît déjà un grand retentissement dans les hautes sphères. Croyez-moi, ça barde là-haut et je ne vous parle pas de mon matricule. Vous avez perdu la tête ? Et vous, Capitaine Vélasquez, vous étiez au courant ?

---Laissez Véla en dehors de ça. C'est mon entière responsabilité. Je suis sincèrement désolé de vous causer ces problèmes, mais je ne pouvais m'attendre à un tel rebondissement dans cette apparente banale enquête de recherche d'héritier. J'en suis le premier surpris.

---Les ordres du Ministre de l'Intérieur, relayés par le Directeur Général, via le Directeur Central et le Préfet de police, sont très clairs, vous cessez immédiatement toute implication dans ce dossier et rédigez un *blanc*.

---C'est impossible, Commissaire. Je suis trop engagé, maintenant. Et je me sens investi d'un devoir de mémoire envers ces pauvres victimes.

---Si vous n'exécutez pas les ordres, vous serez suspendu, voire révoqué. Cette décision ne m'appartient pas, soyez raisonnable, Commandant. Nous travaillons, désormais, en étroite collaboration avec le service du renseignement qui a relevé les écoutes téléphoniques dans lesquelles vous apparaissez. Le Capitaine Vélasquez a la charge du démantèlement de ce dangereux groupuscule extrémiste qui prend une ampleur considérable en Europe. Je dirigerai personnellement cette opération d'envergure.

---Merci, Commissaire, mais j'ai un arrangement à vous proposer. J'en prends pour témoin Véla.

---Vous ne me semblez pas en position de force pour envisager une négociation ?

---Ne vous fiez pas aux apparences, Commissaire. Je ne suis jamais aussi fort que dans la difficulté. Et, il est hors de question que je ne poursuive pas cette affaire à cause de ces tarés de fachos. Quitte à y perdre mon job. Voici ce que je vous propose pour annihiler les foudres qui s'abattent injustement sur vous, et surtout, pour redorer votre blason. Véla et moi, allons sortir, sous votre direction, l'affaire de l'homicide de « *Petit Prince* ». Les deux tueurs vénézuéliens sont à bord d'un bateau à destination du Venezuela, via Curaçao. Je vous donnerai plus de détails dans la semaine en vous rédigeant un *blanc* très précis. En revanche, je vous demanderai une seule faveur. Il faudra que Véla m'accompagne en Argentine pour retrouver un certain Juan Pequena Eruca, qui reste sans doute l'unique héritier dans l'enquête de la généalogiste. Je ne puis me permettre de prendre un interprète privé étant donné la sensibilité de cette affaire.

---C'est impossible. Nous sommes en plein tourment avec ces salopards de néo-nazis.

---Croyez-moi, nous allons les mettre hors d'état de nuire en deux coups de cuillère à pot, ils n'ont rien dans le ciboulot ces gars. J'ai déjà ma petite idée pour les piéger bien comme il le faut. Laissez-nous faire.

---Là-dessus je vous fais confiance. Et comment je justifie un déplacement du Capitaine Vélasquez en Argentine, alors que nous essuyons la tempête ?

---C'est dans la difficulté qu'on voit ce qu'un flic a dans le ventre, notre hiérarchie le sait, même si elle fait mine de l'ignorer. Après l'arrestation des néo-nazis, vous direz au Directeur Central que Véla doit partir en « off » dans la banlieue de Buenos Aires, pour obtenir les précieux renseignements qui permettront d'élucider l'affaire de l'homicide de « *Petit Prince* ». Vous allez faire d'une pierre deux coups avec le démantèlement du groupe extrémiste. Croyez-moi, vous allez marquer les esprits et, par la même, gagner dix ans de boutique. Je vous demanderai juste de proposer Véla au grade supérieur à l'issue des deux élucidations. Je voudrais qu'il prenne ma place quand je quitterai la maison.

---On m'avait dit que vous étiez un phénomène mais j'étais loin du compte. Je dois reconnaître que votre proposition me plait assez, Commandant. Vous avez raison, il faut que justice se fasse, quoi qu'il en coûte. Vous ne me connaissez pas encore mais c'est aussi pour vivre des moments comme ceux-là que je suis entré dans la boîte. C'est juste qu'il est difficile de s'y faire une place avec des vieux guerriers comme vous. De plus, le déménagement du « 36 », dans lequel je rêvais de travailler, n'a pas facilité mon adaptation. D'autant qu'il coïncidait avec ma prise de fonction à la tête du service. Je marche avec vous deux sur ce coup-là. Considérons que cet échange n'a jamais existé.

Tous trois s'administrèrent de franches poignées de main, en guise de contrat moral à l'ancienne. Blanco planta aussitôt le décor pour mettre à mal ce satané groupuscule. Il fallait faire vite pour dégager l'horizon.

La stratégie se composa de trois phases de leurre dont la réussite reposait sur la simultanéité d'action.

Dès le lendemain matin, mardi 12 septembre, Blanco chargea Rachel d'appeler son pote de fac, J.L., mine de rien, de lui faire croire que l'affaire dont il avait subrepticement entendu quelques bribes lors de la discussion téléphonique de dimanche, prenait une nouvelle tournure, et de lui communiquer une fausse localisation du charnier, dans l'ossuaire sous le cimetière Montparnasse. Etant entendu, qu'elle dut lui laisser entendre que son directeur s'investissait totalement dans cette enquête. Dans un même temps, le responsable de l'agence dut quitter son domicile en compagnie de sa femme et de ses deux petites filles, pour laisser place au GIPN de Lille, dont une partie occupa le cabinet de généalogie et l'appartement de Rachel. Tandis que furent mis en place, dans les catacombes et aux abords du cimetière Montparnasse, les effectifs de la B.R.I. de Paris, dont une équipe investit l'appartement de Blanco.

Le piège ne tarda pas à se refermer sur les ultras qui engagèrent, eux-aussi, comme l'avait prévu le commandant, une action simultanée ce même jour à 17 heures. Le déclenchement des hostilités tendait à mettre la pression sur les trois intervenants, le directeur, la généalogiste et le flic, en même temps que d'assouvir leur volonté de faire disparaître les preuves du charnier et de la fameuse liste de vingt femmes. L'opération se déroula sous la direction du jeune commissaire, marqué à la culotte par le directeur central, lui-même en contact direct avec le chef de cabinet du Ministre de l'Intérieur. Le capitaine Vélasquez et le commandant Blanco étaient à la manœuvre. Le coup de filet fut imparable. Neuf membres actifs du groupe néo-nazi des antennes de Dunkerque et de Lille furent interpellés, respectivement, aux domiciles du directeur et de Rachel, ainsi qu'au cabinet de généalogie. Leur chef de file, le fameux pote de fac de l'enquêtrice, fut appréhendé sur les lieux de son travail à Lille, alors qu'il dirigeait, à distance, l'offensive sur la Côte d'Opale. Même réussite à Paris, où dix sympathisants de ce groupuscule furent arrêtés dans les catacombes sous le cimetière de Montparnasse, alors qu'un dernier trio était neutralisé dans l'appartement du commandant.

L'affaire rondement menée déclencha une joie indescriptible chez le jeune patron et un grand ouf de soulagement chez Véla et Blanco. Les *huiles* félicitèrent sèchement le commissaire pour ce coup de maître millimétré. L'opération ne put être médiatisée en raison de la sensibilité de la découverte du charnier qui devait rester secrète. A sa grande surprise, le taulier reçu les premières félicitations du président de la République, monsieur *Emmanuel Macron*, plus chaleureuses celles-ci, qui faisait de cette lutte contre les discriminations, l'une de ses priorités. La couverture du chef de service n'en fut que plus renforcée pour le deal passé avec Blanco. Le commandant reçut un appel du directeur de Rachel qui l'assura de la reprise de l'enquête, de la prise en charge de son billet d'avion pour l'Argentine et de l'arrivée, dès le lendemain mercredi, d'un prélèvement d'ADN d'Alphonse Durant, en vue de la comparaison avec ceux relevés sur les vingt-cinq cadavres. La jolie généalogiste poursuivit la discussion.

---Cette affaire est aussi invraisemblable qu'effrayante, Blanco. Si je m'attendais à une telle évolution.

---J'ai exactement le même sentiment que toi, Rachel. Je dois t'avouer que cette enquête me donne la chair de poule. Je dois retrouver la trace de ce Juan Pequena Eruca pour comparer son ADN avec celui du défunt. On ne sait jamais, il peut être le fils naturel de ce colonel allemand. Ainsi, nous pourrons déterminer s'il correspond à celui de son nazi de père et prouver que le pauvre Alphonse Durant, était le fils de Karl Strohrer. Je suis impatient de boucler la boucle.

---Tu veux que je t'accompagne en Argentine ?

---Non, je préfère jouer la carte de la discrétion. Même si ce n'est pas l'envie qui me manque. Je vais plutôt emmener Vélasquez avec moi. Nous travaillons sur un autre dossier, en parallèle.

---Un autre dossier ?

---Oui, un officiel, celui-là. Je t'expliquerai lorsque cette seconde affaire sortira dans la presse.

Le jeune commissaire, le capitaine Vélasquez et le commandant Blanco fêtèrent comme il se doit cette première affaire notoire pour le nouveau 36, rue des Bastions. Celle de l'assassinat de « *Petit Prince* » devrait être la deuxième, si le plan de Blanco n'était pas déjoué.

Chapitre 7 – Incroyables rebondissements –

Comme promis par le directeur de l'agence de généalogie de Dunkerque, ce mercredi 13 septembre à 10 heures, un coursier du Nord remis le prélèvement ADN du défunt, Alphonse Durant, directement dans les mains d'Harry. Le légiste pouvait procéder à la comparaison avec les relevés d'ADN des vingt-cinq cadavres du charnier. Le commandant Blanco avait déjà pris, plus tôt, l'avion à destination de l'Argentine et fut rejoint le jeudi soir par le capitaine Vélasquez, dans un hôtel discret de Buenos Aires. Devant un petit verre de *Fernet-Branca*.

---Putain, Blanco, tu as mis la main sur une affaire ahurissante. Tu imagines la répercussion ?

---Ouais, c'est incroyable.

---Si tu n'existais pas, il faudrait t'inventer. Tu sais où sont les deux flingueurs. Sinon, je ne donne pas cher de l'ancienneté de mon matricule au nouveau 36.

---Oui, Véla, aucun problème. Sauf si on les donne à manger aux requins. Ne t'inquiète pas, nous les ferons serrer par les douanes maritimes, au large des Antilles, avant qu'ils atteignent Curaçao. Préalablement au petit crochet par Paris, pour exécuter le très regretté « *Petit Prince* », ils ont convoyé plus d'une centaine de kilos de cocaïne jusqu'au port belge d'Anvers. Ils repartent avec un beau petit pactole en grosse coupure et quelques joyaux d'un réputé diamantaire bruxellois.

---Ok, tu ne t'es jamais planté jusqu'à maintenant.

Blanco qui aimait s'amuser, parfois, avec les nerfs de son adjoint.

---Il faut toujours une première fois, Véla.

Les traits de visage du capitaine se durcirent, juste le temps, pour le commandant, de faire retomber aussi rapidement la pression.

---Ne t'inquiète pas. Ce sera une simple formalité, tu verras. Au pire, j'ai les noms des deux lascars. Ta mission, ici, sera de me traduire les propos de Juan Pequena Eruca. Le reste, je m'en charge.

---Tu sais ce que veut dire Pequena Eruca, en espagnol, Blanco ? Petite Roquette.

---Je n'y crois pas. Cette fois-ci, ça ne fait plus l'ombre d'un doute que ce criminel de Strohrer soit le père du petit Alphonse.

---Et son fils, Juan ?

---Je ne sais s'il s'agit de leur fils naturel ou s'ils l'ont adopté, puisque sa femme, dixit Madame Irma Ventut, ne pouvait avoir d'enfant. On verra bien sur place, s'il est toujours sur le plancher des vaches.

Le lendemain matin, Rachel, de son bureau dunkerquois, obtint de l'E.H.P.A.D. de Créteil, via la jolie infirmière, Sana, la liste comportant les noms des cinq gardiennes officieuses de la prison souterraine de la Petite Roquette, qui, comme indiqué par madame Irma Ventut juste avant de s'éteindre, était bien dissimulée dans la table de nuit de sa chambre. Les cinq identités présentaient une consonnance bien française. Les

130

recherches, engagées dans l'après-midi par la généalogiste, établirent qu'elles correspondaient au même profil que celui d'Irma Ventut. A savoir, toutes orphelines de père et de mère, et, issues de milieux défavorisés de la banlieue Est de Paris. Sans doute avaient-elles été recrutées par ce même fameux policier qui avait piégé leur sixième camarade miraculée. Rachel s'empressa de l'annoncer à son coéquipier de circonstance. Une bonne nouvelle en cachant souvent une autre, Blanco reçut l'appel de son ami légiste, Harry, employant un ton pour le moins euphorique.

---J'espère que tu appelles pour la bonne cause, toubib ?

---L'ADN du défunt, Alphonse Durant, correspond, à cent pour cent, à celui d'une des vingt-cinq victimes du bunker souterrain du square de la Roquette.

---Merci, toubib, c'est du beau boulot. Ça doit rester entre nous pour l'instant. Il y a eu un peu de grabuge à cause de cette affaire, ces derniers jours. Je t'expliquerai.

---Fais-moi confiance, Blanco. Impatient que tu me racontes la suite. Et encore bravo, c'est du très lourd. Ce sera, peut-être, ta plus belle affaire.

---Surtout, préserve les marqueurs des vingt-quatre autres ADN.

---C'est déjà fait, mon cher Commandant.

---T'es le meilleur. Je te tiens au jus dès mon retour.

Après s'être sustentés du simple et rapide petit déjeuner local, traditionnellement constitué de la *tostada*, une simple tranche de pain grillé, servie avec un jus d'orange et du maté, ils prirent la route du ranch de « *gauchos* », à une centaine de kilomètres de la capitale. Le commandant avait pris soin de vérifier que le fils de Karl Strohrer, Juan Pequena Eruca, en était toujours le propriétaire. Chemin faisant, les deux flics élaborèrent la stratégie d'approche. Fidèle à son habitude avant les moments décisifs, Blanco resta plutôt muet, entendant mais n'écoutant à peine son adjoint, *a contrario*, bavard en pareille situation. A chacun sa méthode dans la mesure où seul importe le résultat.

Ils arrivèrent sur site, ce vendredi 15 septembre vers 11 heures, après un laborieux parcours sinueux sur d'interminables pistes en latérite, à bord de leur 4x4 de location, parfaitement adapté pour la circonstance. Leurs vêtements étaient recouverts d'une épaisse poussière rouge, laquelle se présenta quasiment sous la forme d'une pâte homogène, nervurée à l'endroit des plis et des coutures, à la suite des trois heures de trajet. La moiteur ambiante et les nuages de particules pourpres avaient fait leur effet, tout en leur asséchant le gosier. Leurs chemises en lin et chapeaux panama en perdirent, comme leur visage d'ailleurs, leur couleur d'origine. Ils pénétrèrent, enfin, dans l'immense propriété et stoppèrent leur pick-up à une vingtaine de mètres de l'habitation principale. Dès qu'ils mirent pied-à-terre, ils aperçurent, immédiatement, un homme d'un âge respectable, sans doute le prénommé Juan, se balançant nonchalamment sur un rocking-chair, au beau milieu de la terrasse couverte de la somptueuse villa centrale du ranch. Ils s'approchèrent lentement de ce qui sembla, de plus en plus, être leur objectif. La description sembla tout-à-fait conforme à celle avancée par les deux « *chasseurs de nazis* », même après quelques décennies.

A la suite de la protocolaire présentation, somme toute sommaire, Vélasquez déclencha les hostilités, en espagnol, langue qu'il maitrisait parfaitement en raison de ses origines hispaniques. Il s'adressait bien au *señor* Juan dont le regard si vide, s'éclaircit ostensiblement au fur et à mesure du déroulé du récit du capitaine. A l'inverse, son visage s'obscurcit visiblement, malgré la présence de cette opaque crème de protection solaire. Dans un même temps, son corps sembla se refermer sur lui-même. Lui, qui était de grande taille, parut soudainement si petit. Blanco coupa, net, la discussion entre les deux hommes, pour s'adresser à son adjoint, en aparté et à voix basse, se déplaçant à une dizaine de mètres de leur interlocuteur

---Il y a un gros problème, Véla. Ce Juan Pequena Eruca, ici devant nous, ressemble comme deux gouttes d'eau au défunt, Alphonse Durant. Regarde sa photo, la ressemblance est frappante. D'après l'enquête de Rachel, le défunt était plutôt asocial, dépressif et présentait le même problème d'épiderme. S'il n'était pas décédé, on pourrait croire qu'il s'agisse du même gars. J'espère qu'il n'y a pas eu erreur sur la personne du défunt Dunkerquois. J'avoue que j'ai un sérieux doute.

---Mais c'est vrai, Blanco. C'est incroyable, on dirait lui. Tu crois que nous avons devant nous le vrai Alphonse Durant ? Cette affaire va nous rendre fous.

---Comme tu dis. Demande-lui sa date de naissance.

Après un bref aller-retour, Vélasquez apporta la réponse.

---Le 6 janvier 1944 !

Blanco fut pris d'une si puissante montée de tension qu'il dut s'asseoir pour reprendre son souffle. Devant l'attitude si inhabituelle de son mentor, Vélasquez s'inquiéta de son état de santé.

---Ça va, Blanco ?

---Putain, cette affaire est encore plus incroyable que je ne le pensais, Véla. Et j'ai bien peur de ne plus comprendre, là. Tu te souviens lorsque je t'ai rapporté que le haut gradé allemand, Karl Strohrer, avait engrossé la pauvre résistante détenue dans la pseudo-prison souterraine de la Petite Roquette, Francine Pourtreaux ? Et que l'enfant était destiné à sa femme, infertile ?

---Oui.

---Tu avais eu la même interrogation que moi. A savoir, pour quelle raison avait-on déclaré sous X..., ce 6 janvier 1944, le nouveau-né, Alphonse, à l'hôpital Rothschild dans le 12ème arrondissement, alors qu'il avait été conçu pour être remis à cette femme allemande infertile ?

Le capitaine Vélasquez éprouva le besoin de faire quelques pas, seul, afin de s'éclaircir les idées, pendant que Blanco se questionnait encore, toujours assis sur cette grosse pierre. Son adjoint se retourna vivement en le fixant du regard, empreint d'une idée lumineuse.

---J'ai bien peur de comprendre ce qui se passe, Blanco. Regarde la ressemblance entre Juan et Alphonse. Je ne pense pas qu'il y ait eu erreur sur la personne décédée à Dunkerque, d'autant que l'ADN du défunt vient de parler. Je suis certain qu'ils sont jumeaux.

---Jumeaux ? Mais, bien sûr, tu as raison ! Non seulement, ils se ressemblent comme deux gouttes d'eau, mais, en plus, ils ont les mêmes comportement et maladie de peau. Bien joué, Véla. Je dois avouer que je m'étais égaré, là.

---Ce qui veut dire que le 6 janvier 1944, Francine Pourtreaux n'avait pas accouché d'un, mais de deux garçons. Que ce Juan fût remis à son père, Karl Strohrer, qui le déposât à sa femme, en Allemagne. Tandis que le petit Alphonse était déclaré sous X… à l'hôpital Rothschild. Et ce, sans qu'Irma Ventut n'eût connaissance de l'existence du premier nommé.

Un grand silence emplit les abords de la terrasse pendant une interminable minute. Les deux flics, bouche-bée, figèrent leur regard sur Juan, dont les traits du visage ne purent masquer une inquiétude grandissante. Il comprit que ses deux visiteurs français vinrent de se rendre compte d'un évènement suffisamment grave pour qu'ils en perdent, momentanément, la parole. Ce suspens lui devenant insupportable, il rompit ce silence trop pesant.

---Mais, Messieurs, dites-moi ce qu'il se passe. Qu'y a-t-il de pire que d'être le fils d'un criminel de guerre nazi ?

---Vas-y doucement, Véla. Propose-lui un verre d'eau fraîche et un gros remontant pour nous.

---Tu as raison. Passons à l'intérieur.

Comme s'il s'agissait de son père, le capitaine prit soin de l'installer le plus confortablement possible dans cet immense salon. Alors que Vélasquez lui narrait l'insoutenable, des larmes incontrôlées coulèrent, sans discontinuer, sur les joues du septuagénaire, dont le regard vide fixait inlassablement le sol. Il venait, en quelques minutes, de prendre l'apparence d'un vieillard, il eut peine à prendre sa tête dans ses deux mains tremblotantes. Il resta ainsi, sans rien dire, pendant plus d'un quart d'heure, comme mort de l'intérieur. Puis, il releva très lentement le visage en posant sa main droite sur son cœur, alors qu'il s'essuyait les yeux avec la gauche, et prit la parole d'un ton vieilli.

---C'est là, une bien dure réalité que vous m'apprenez, Messieurs les Français. Je n'avais aucun doute quant à mes origines germaniques et je savais que mon père s'était réfugié ici, pour se cacher, après la débâcle allemande de la Seconde Guerre mondiale. Il s'agissait d'un sujet tabou à la maison. Mes parents n'en parlaient jamais, du moins en ma présence.

Le septuagénaire dut reprendre son souffle, avant de poursuivre courageusement.

---Aujourd'hui, j'entends l'horreur. Mon père, un nazi, je m'en doutais. Mais qu'il soit l'un des instigateurs de *la Shoa*, c'est effroyable, je ne l'imaginais pas capable de telles atrocités. En fait, c'est comme si je ne l'avais jamais réellement connu. Qui plus est, vous me dites que ma mère légitime n'aurait pas été celle qui m'a élevé, mais une pauvre résistante française, violée par mon criminel de géniteur. Je suis, en fait, le fruit d'un monstre, d'une maman abusée et le fils adoptif d'une femme

136

traumatisée par des viols à répétition commis par d'abominables soldats russes. Enfin, comme si mon supplice ne suffisait pas, j'ai été privé de mon jumeau, Alphonse, dont je n'ai jamais connu l'existence, jusqu'à ce jour. Je comprends mieux, maintenant, cet étrange sentiment d'absence que j'ai toujours ressenti au plus profond de moi. Quelle horreur !

---Je sais que ça fait beaucoup pour un seul homme, Monsieur Juan. Nous en sommes sincèrement désolés. Buvez un verre d'eau et prenez le temps de respirer.

---De respirer quoi, Capitaine ? Cet air et ces murs viciés ? Mais vous ne comprenez donc pas ce qui m'arrive, aujourd'hui ? Je vous en prie, dites-moi que c'est un cauchemar ! S'il vous plait, réveillez-moi !

---Il y a de fortes probabilités pour que tous les éléments de l'enquête valident nos certitudes et nous conduisent à cette terrible conclusion. Mais, ils ne peuvent être confirmés que par une comparaison de votre ADN, avec celui de votre potentiel jumeau, Alphonse Durant, né, comme vous, le 6 janvier 1944 à Paris.

---Je vous demande de m'excuser, je comprends votre préoccupation tout-à-fait légitime, Messieurs. Même s'il m'est difficile de l'entendre, ça ne l'est certainement pas autant que les atrocités vécues par toutes ces pauvres victimes. L'on se doit de leur rendre hommage et de faire savoir, à la mémoire collective, cet horrible massacre. Vous pouvez compter sur ma collaboration. Je ferai tout ce qu'il sera nécessaire pour ces femmes et leurs familles.

Blanco lui prit les mains et l'avisa avec compassion et reconnaissance, ses propos traduits par Vélasquez.

---Merci beaucoup, Monsieur Juan. C'est très courageux.

---Non, c'est normal, Commandant. De toute façon, la vérité éclate toujours un jour ou l'autre. Au moins, je ne quitterai pas ce bas monde dans l'ignorance, même si au moment où je vous parle, j'aurais évidemment préféré le contraire. Comme l'on dit, « *il y a loin de la vérité apprise à la vérité vécue* ». Cette expression prend tout son sens, aujourd'hui.

Ayant anticipé l'aval de Juan Pequena Eruca, Blanco sortit de sa poche, un tube à essai contenant des écouvillons de prélèvement d'ADN. Il préleva de la salive du septuagénaire, malgré sa gorge desséchée par tant de bouleversements. Après quelques recommandations organisationnelles, les deux flics quittèrent les lieux, laissant seul, cet homme, face à la cascade d'horreurs qu'ils venaient de lui révéler si subitement. Au bout d'une demi-heure de conduite, Vélasquez rompit le silence si pesant dans l'habitacle.

---Tu y es Blanco, bravo. Tu es allé au bout du bout, comme d'habitude. La comparaison d'ADN sera une simple formalité. Tu as trouvé l'héritier du pauvre défunt, Alphonse Durant, en la personne de son jumeau.

---Oui, malheureusement, ou heureusement, je ne sais plus trop bien, là. Toujours est-il que le monde aura bientôt connaissance de cet effroyable crime de guerre. Les corps des dix-neuf victimes juives devraient être rendus à leurs familles. Cette enquête a permis d'identifier les cinq surveillantes et la pauvre résistante, Francine Pourtreaux, mère des jumeaux malgré tout. Elles aussi exécutées, comme les dix-neuf autres, sans doute d'une balle de *Luger* en pleine tête. La fameuse liste des vingt femmes s'est désastreusement agrandie. En ce qui me concerne, Véla, j'ai l'impression, après cette affaire, d'avoir bouclé la boucle de ma carrière. Je suis complètement vidé.

Ce dernier rebondissement refroidit Rachel, autant qu'il la ravit. Blanco avait, de manière incroyable, retrouvé l'unique héritier du défunt, Alphonse Durant, son jumeau, en la personne de Juan Pequena Eruca. Elle avait eu le mérite de frapper à la bonne porte et ne remerciera jamais assez ce travesti, rencontré ce fameux soir au bar de l'hôtel Alexandrie. Ne restait plus qu'à attendre le résultat de la comparaison de l'ADN de Juan, que Blanco remit à son ami légiste, Harry, dès son arrivée à Paris, le dimanche matin.

---Dis-moi, j'ai l'impression que tu ne sais jamais trop quoi faire les dimanches ? Je plaisante, plus sérieusement, tu as fait un sacré boulot, Blanco.

---Quelle affaire, Harry. Je n'y serais pas arrivé sans ton aide et celle de mes proches collaborateurs. Tout le monde y a mis du sien. C'est une belle réussite collective, comme je les aime tant. Je te remets le relevé ADN de Juan Pequena Eruca, tu sais ce qu'il te reste à faire.

---Fais-moi confiance, mon ami. Je t'appelle dès que j'aurai le résultat.

Le lendemain, le capitaine Vélasquez était reçu en grande pompe par son chef de service. Il lui exposa les tenants et les aboutissants de l'assassinat de « *Petit Prince* ». Grâce à Blanco, il obtenait une sincère reconnaissance de son jeune commissaire. Ne restait plus, aux douaniers maritimes, qu'à suivre discrètement la progression transatlantique du porte-containers battant pavillon du Panama et de serrer les deux Vénézuéliens, au large des Antilles. Ce qui sera une simple formalité, puisqu'une semaine plus tard, les deux tueurs furent interpellés par les douanes, en possession de plusieurs centaines de milliers d'euros en coupure de cinq cents et d'une dizaine de diamants de très haute facture. Leurs tatouages ne laissèrent planer aucun doute quant à leur appartenance au « *Cartel des Soleils* » qui serait sous protectorat de hauts fonctionnaires du Venezuela…

Pour solidifier ses compétences, ce jeune commissaire comprit qu'il devait en apprendre davantage de l'ancienne génération, avant qu'elle ne disparaisse. Il interrogea Vélasquez.

---Dites-moi, Capitaine, pouvez-vous m'expliquer comment un duo de Vénézuéliens peut venir abattre un parrain de la drogue dans le neuf-trois ?

Vélasquez était éduqué depuis plus d'une décennie par Blanco, « *pour maîtriser la délinquance dans l'hexagone, tu dois connaître l'organisation mondiale du narcotrafic* ». Le capitaine bénéficiait de cet enseignement qu'il transmit, à dose homéopathique, à son commissaire.

---Au Venezuela, la terrible crise politique, sociale et sanitaire n'épargne personne, même les gangs sont touchés de plein fouet, par une baisse sensible de leurs revenus. La monnaie vénézuélienne, le bolivar, ne vaut plus rien, c'est le dollar US qui règne en maître.

Beaucoup de bandes de Caracas se sont spécialisées dans l'enlèvement avec demande de rançon, l'otage devenant une marchandise comme une autre. Mais, plus de quatre millions de Vénézuéliens ont fui le pays. Parmi eux, certains exilés représentaient d'intéressantes victimes potentielles. Ce qui a occasionné une nouvelle perte conséquente des revenus de ces malfaiteurs. C'est ainsi que certains d'entre eux travaillent, à l'occasion, pour des bandes de narcotrafiquants colombiens, comme « *Los Rastrojos* ».

---D'accord, c'est très intéressant, continuez, Capitaine.

---Dans notre affaire d'assassinat, les deux tueurs vénézuéliens ont descendu « *Petit Prince* » pour un contrat de cinquante mille dollars. Je ne sais pas quel était le montant de leur commission pour la logistique, aller-retour, de la transaction coke/argent-diamants. Mais, je vous laisse imaginer ce que représente déjà cette somme de cinquante mille dollars US au Venezuela, sachant que le revenu moyen mensuel est équivalant, aujourd'hui, à dix dollars US.

---Effectivement. Merci beaucoup, Capitaine. C'est très riche d'enseignement.

---Vous savez, Commissaire, c'est Blanco qu'il faut remercier. C'est lui qui m'a tout appris.

---C'est un sacré phénomène ce commandant, je me doute que vous laisseriez votre vie pour lui.

---On ne peut rien vous cacher, Commissaire, comme il le ferait pour vous et moi.

Le capitaine tourna les talons et laissa le jeune supérieur hiérarchique, pensif. Pour sa deuxième grosse affaire élucidée, il reçut de nouvelles félicitations, appuyées cette fois-ci, du directeur général de la police nationale, dont la presse fit écho. Quant à Velasquez, promouvable depuis plus de cinq ans, il était proposé par son commissaire, au grade supérieur de commandant de police. Avec Harry, le légiste, et Blanco, ils fêtèrent tous trois cette promotion à la mesure de l'évènement, ainsi que la confirmation de la comparaison d'ADN. Juan Pequena Eruca, ex-Adolf Strohrer, fils du criminel de guerre nazi, Karl Strohrer, était bien le jumeau d'Alphonse Durant. Il devenait ainsi, officiellement, son seul héritier. L'affaire de la généalogiste était enfin définitivement bouclée. De son appartement du bord de mer, elle trinqua, à distance, avec les deux flics et le toubib.

Quelques jours plus tard, le commandant eut une discussion très constructive avec son jeune taulier. Ce dernier reconnut ses erreurs de management, même si elles étaient, en grande partie, de la responsabilité de la formation qui était enseignée à l'école des commissaires de Saint-Cyr-au-Mont d'Or. Il remercia, très sincèrement, Blanco pour la brillante élucidation des affaires du groupe néo-nazi et de l'assassinat de « *Petit Prince* », puis, aussi, pour l'ensemble de sa carrière. Le commandant apprécia, à sa juste valeur, les premiers pas réalisés par son supérieur hiérarchique direct et l'invita, à sa table fétiche de la cantine « *Le 36 quai* ». Ils y dégustèrent une magnifique tête de veau. Après quelques petits mots d'excuses à l'endroit de Simone, le jeune patron, il méritait maintenant cette appellation, se réconcilia avec elle. C'était une manière, pour Blanco, de l'introniser en tant que nouvelle figure incontournable du système judiciaire parisien et du nouveau « 36 ».

---Lorsque je quitterai la boutique, le néo-commandant, Vélasquez, sera toujours l'interlocuteur privilégié de mon futur ex-réseau d'informateurs. Ainsi, il restera une continuité dans la confiance durement instaurée avec les *tontons*. Véla m'assiste, déjà, dans la gestion de mes agents de renseignements. Depuis quelques temps, il m'accompagne lors de certains rendez-vous avec mes « *personnes sources* », comme vous dites aujourd'hui.

---En tout cas, j'espère que vous ne rempilerez pas de sitôt, vous avez encore tant de choses à nous apporter. Vélasquez est un tout bon, c'est indéniable. Mais il a encore besoin de vous. Je pense sincèrement que vous pourriez tenir encore deux ou trois ans, même si je sais que le métier vous a épuisé. Vous devez rendre visite à votre fils à Dubaï. Profitez de lui et reposez-vous. Je suis certain que vous nous reviendrez regonflé à bloc.

---Je le souhaite aussi, Commissaire, mais, pour l'instant, j'en doute. Et puis, cette dernière affaire m'a fait prendre conscience que je devrais un peu plus m'occuper des miens. J'ai peut-être suffisamment donné. Il ne faudrait pas que je fasse l'affaire de trop. Bon, en tout cas, je vous remercie pour votre changement radical d'orientation. A votre décharge, j'étais, sans aucun doute, trop éreinté pour vous en indiquer le chemin. J'avoue que le déménagement du « 36 » m'a profondément perturbé. C'était, malheureusement, à ce moment-là que vous avez pris la tête du service. Vous me voyez maintenant rassuré quant à vos compétences à tenir ce poste aussi élogieux que difficile. Je vous souhaite le meilleur.

---Je serais très honoré que nous puissions nous tutoyer, Commandant.

---Aucun problème « patron ». Je pars demain, pour plus de deux mois, à Dubaï. Je resterai, bien entendu, en contact direct avec Véla, mais je prendrai attache avec toi, également. N'hésite pas à m'appeler au moindre problème. Il y a toujours plus d'idées dans plusieurs têtes que dans une seule.

---C'est bien vrai. Alors, comme tu aimes me réserver quelques surprises, j'en aurai certainement une belle pour toi. Je suis certain qu'elle t'incitera à remettre les pieds à l'étrier. Je ne peux t'en dire plus, je bosse encore sur le sujet. Je devrais t'appeler dans quelques jours. Moi aussi, je commence à avoir mes petites affaires secrètes, tu m'as refilé le virus. Toute dernière chose, Blanco. Ne va pas me lever je ne sais quelle affaire là-bas, à Dubaï.

Ils éclatèrent de rire et se quittèrent bons amis, après une franche accolade. Simone fut ravie de cette nouvelle entente, surtout pour son petit flic préféré. Blanco pouvait s'envoler, certes, éreinté, mais le cœur léger, à destination des Emirats-Arabes-Unis, pour y retrouver son fils et sa nouvelle belle-fille.

Le jeune commissaire de police, âgé de 33 ans, belle gueule, à l'allure sportive, originaire de la région de l'ovalie, avait bataillé ferme pour intégrer le légendaire « 36 », et ce, sans bénéficier d'un quelconque soutien des réseaux d'influence, mais, plutôt, grâce à des séjours remarqués dans les commissariats de Seine-

Saint-Denis. Malheureusement pour lui, son affectation, tant rêvée, intervint juste après le déménagement au 36, rue des Bastions. Marié à une jeune et très brillante magistrate, père d'un petit garçon de 6 ans, *Alexis M.* ambitionnait de remplir les premières pages blanches de ce nouveau fief de la PJ. Il venait déjà d'écrire les deux premiers volets et, celui qui allait être baptisé par Blanco, « *l'homme aux trois cerveaux* », comptait bien poursuivre sur sa lancée. Sa première initiative personnelle confirma toute l'étendue de son potentiel.

Alors que Blanco passait des jours paisibles en famille, depuis presqu'une semaine, il reçut le fameux appel de son taulier qui allait le faire sortir de son agréable et inhabituel état d'insouciance. Son nouveau patron avait travaillé en solo sur l'environnement de cette sombre affaire de la prison pour femmes de la Petite Roquette et, plus particulièrement, sur le parcours atypique de l'ancien inspecteur général de l'administration pénitentiaire, le docteur *Georges Fully*, qui visitât régulièrement cet établissement jusqu'à sa fermeture définitive en 1973. Le commissaire s'arrêta sur cette personnalité, car son assassinat s'était étonnement perpétré la même année. Y avait-il un lien entre ces deux évènements ? Il apprit que *Georges Fully*, âgé de 17 ans, avait été interpellé par les allemands en janvier 1944 à Saint-Etienne, alors qu'il distribuait des tracts pour le compte de la résistance. Du camp de transit *Royallieu* à Compiègne, il fut déporté le 2 juillet 1944 à *Dachau*, via le « *train de la mort* », dans lequel 900 des 2 400 déportés moururent. Combatif, il fut employé au service de l'infirmerie du camp et sauva bon nombre de ses camarades. Dès son retour en France, après de brillantes études de médecine, il fut rapidement nommé expert dans l'identification des cadavres des déportés, puis inspecteur général de l'administration pénitentiaire. C'est notamment à l'occasion de l'exercice de ses fonctions qu'il visitât, à de nombreuses reprises, cette maudite prison pour femmes de la Petite Roquette, dont il dénonçait les intolérables conditions de détention. Homme intègre, il se heurtait de plus en plus à sa hiérarchie du ministère de la Justice, dans les bureaux de la place Vendôme à Paris. Surtout au début des années 70, où il entrait en conflit ouvert avec elle, préconisant une nouvelle vision du système carcéral, « *la prison ne doit pas être une punition mais une rééducation* ». Ses prises de paroles engagées devant les médias devenaient dérangeantes, « *s'il y avait un Nuremberg des prisons, je plaiderais coupable !* ». Après son assassinat, le 20 juin 1973, plusieurs pistes furent avancées mais vite abandonnées par les enquêteurs du « 36 » : « *Septembre noir* » de Yasser Arafat ; l'O.A.S. ; les anciens nazis et l'envoi de la carte postale d'un mari jaloux. Par la suite, des rumeurs circulèrent qu'il avait été exécuté par les hommes de main de « *Mémé* » Guérini pour lui avoir refusé la « *grâce médicale* ». L'enquête rebondit quelques années plus tard avec l'ouverture d'une information à l'encontre des « *diaboliques* », *Nelly Azéral*, médecin cardiologue à Fresnes et *Serge Gherling*, dans le cadre de la tentative d'assassinat du controversé affairiste *Pierre de Varga*, qui aurait été l'un des artisans de la mort de *Fully*. L'affaire de l'attentat connut un nouvel épisode avec la mise à jour d'un puissant réseau de trafic d'influence pour obtenir des « *grâces médicales* » de complaisance permettant de faire libérer de nombreux détenus. Le successeur de *Fully*, *Solange Troisier*, fut relaxée, ainsi que *Nelly Azéral*. Finalement, ces deux sulfureux rebondissements s'éteignirent, ce qui semblât arranger de puissants décisionnaires, soucieux de laver leur linge sale en famille. D'autant que le *docteur Fully* s'apprêtait à dénoncer le système vicié qui sévissait dans les hautes sphères liées au système carcéral français. Encore plus surprenant, l'ancien chef de l'OCRB, le commissaire de police *Lucien Aimé-Blanc*, s'était intéressé encore de plus près à cette affaire pour l'incroyable raison que son père était décédé dans le fameux « *train de la mort* » du 2 juillet 1944, dans lequel se trouvait *Georges Fully*. Grâce au témoignage duquel le jeune orphelin de père avait obtenu le statut de pupille de la Nation. Plusieurs années après la mort de *Fully*, le commissaire avait été approché par un certain *Serge Gherling* qui lui apporta la preuve que *Nelly Azéral* voulait faire tuer *Pierre de Varga*, alors emprisonné à Fresnes. Détenteur d'un enregistrement audio et de l'arme longue qui devait être utilisée, aucune autorité de justice n'exploitait ces preuves apparemment aussi irréfutables que gênantes. *De Varga*, ancien membre de la *Gestapo* de Bourges, avait été désigné coupable de l'assassinat, en 1976, de *Jean de Broglie*, alors que sa fille, *Pascale De Varga* accusait « *l'Etat à son plus haut niveau* » d'avoir commandité ce meurtre. Il fût déplacé dans une prison pour mineurs et il n'y eut d'autres enquêtes. Ainsi, il devenait impossible de remonter à l'assassinat du *docteur Fully*.

---C'est ce dernier élément qui m'a convaincu de poursuivre mes recherches, Blanco. Pour la petite histoire, le *docteur Fully* a été victime de l'attentat au colis piégé à son domicile du 25, quai des Grands Augustins à Paris 6ème. Une plaque commémorative, mettant en avant son rôle important dans la résistance et sa déportation au terrible *camp de Dachau*, est d'ailleurs apposée au bas de l'immeuble. Bref, j'ai découvert qu'il y avait eu beaucoup de grabuge autour de cette affaire et de la personnalité du *docteur Fully*. J'ai la nette impression que la volonté politique de l'époque ne semblait pas en faveur de l'élucidation de cette enquête. A la suite de l'élucidation de nos affaires de « *Petit Prince* », du groupe néo-nazi et de ta découverte du charnier, j'ai eu l'honneur de rencontrer notre nouveau président de la République, Monsieur *Emmanuel Macron*. Je lui ai fait part de l'intérêt, pour notre Nation, de sortir ce dossier *Fully*, notamment en raison de son implication dans la résistance française, du courage et de l'altruisme dont il a fait preuve dans le camp de concentration de *Dachau* et de son œuvre dans l'évolution des prisons françaises. Il devrait faire rouvrir l'enquête et souhaite que notre service en ait la charge.

---Mais, c'est une affaire prescrite, Alexis.

---Non, le délai de prescription n'a pris effet que le 11 mars 1988 lors de la clôture par le *juge Bruguière*.

---C'est plutôt une bonne nouvelle, mais je ne me vois pas remettre les pieds dans ce qui sent déjà la pourriture.

---La commission rogatoire devrait cibler plusieurs axes : le grand banditisme, notamment l'entourage de « *Mémé* » Guérini ; l'O.A.S. ; les anciens nazis ; enfin, la responsabilité au plus haut niveau de l'Etat français.

---Si « *Mémé* » avait voulu le descendre, il l'aurait fait exécuter à l'arme de poing, dans la rue. Et non au colis piégé, dans son appartement. Tu peux déjà écarter la piste corse, d'autant que les *frères Guérini* étaient très impliqués dans la Résistance française, ils n'auraient pas flingué *Fully,* qui en était une figure. Idem pour l'O.A.S. qui tient de son sigle les lettres A.S. de l' « *Armée Secrète* » qui était le regroupement des résistants français sous l'occupation allemande. Pour cette même raison, le mobile ne semble pas tenir.

---Je vois que tu es déjà dans la partie. Et pour les deux autres pistes ?

---J'émets un sérieux doute quant aux anciens nazis qui connaissaient l'existence des exactions commises et du charnier sous la prison de la Petite Roquette. Pensaient-ils que le dernier directeur avait informé *Fully* ? C'est peut-être après l'attentat du 20 juin 1973, coïncidant avec la fermeture de l'établissement, que Jean-Claude Souteneux enterrât la liste des vingt femmes sous les *cinq pierres* ?

---La quatrième hypothèse n'est pas à exclure non plus car ses idées novatrices dérangeaient en haut lieu. Il naviguait clairement à contre-courant de la volonté politique de l'époque, d'autant qu'il s'apprêtait à dénoncer le système vicié. Tout comme *Jean de Broglie* qui en savait trop dans le financement obscur de certains partis politiques. Il y a quelques années, un ancien grand flic m'a confié être convaincu que ces deux assassinats avaient été commandités au plus haut sommet de l'Etat. Attention, Alexis, certains cadors arpentent encore les couloirs des hautes sphères. Peut-être avaient-ils confié le sale boulot à d'anciens nazis, via *Pierre de Varga*, ce qui aurait arrangé les deux parties ? Sachant que les politiques ont souvent entretenu des liens très étroits avec le grand banditisme, via son Institution police.

---L'enquête le dévoilera, Blanco. Ce nouveau rebondissement n'aurait pas eu lieu sans ta recherche d'héritier, encore bravo. Profite de tes vacances, on commencera l'affaire avec Véla. On reste en contact.

---Bravo à toi, Alexis. Tu n'imagines pas encore ce que tu as déterré, là. Fais gaffe à toi et à Véla. Assurez vos arrières.

Finalement, Blanco ne revint à Paris qu'à la mi-décembre. L'affaire *Fully* piétinait. Véla et l' « *homme aux trois cerveaux* » lui confièrent que des faits obscurs la parasitaient et que des pièces à conviction s'étaient volatilisées de leurs bureaux. Sans parler de la pression latente qu'eux, et leur proche entourage, subissaient sournoisement. Ce qui ne le surprit pas, déjà confronté à ce type d'intimidation. Il conseilla à son taulier de clôturer officiellement cette enquête. Il était plus prudent de la poursuivre officieusement avec l'un de ses contacts, un renommé journaliste d'investigation.

- Epilogue -

Une association juive parisienne prit à son compte, la médiatisation de cette macabre découverte du charnier, sous l'ancienne prison de la Petite Roquette. Cette affaire retentit dans chaque partie du globe. Son président lui fit part de sa profonde gratitude.

---Vous savez, Commandant, les actes antisémites ne cessent de progresser en France. Votre Ministère en a recensé plus de trois cents depuis le début de cette année 2017. La haine du juif se répand comme un poison. Et ce sont des actions comme la vôtre, qui peuvent raviver les mémoires et alerter les consciences.

---A part la fameuse affaire du *gang des barbares*, en 2006, où le jeune *Ilan Halimi* a été tué par le chef de bande, *Youssouf Fofana*, et ce groupe néo-nazi que nous avons neutralisé, je n'avais pas pris conscience de la dangerosité de cette évolution. Sans doute que la médiatisation n'a pas été au niveau.

---Savez-vous qu'en France, plus de cinquante pour cent des juifs, ont déjà envisagé de fuir le pays.

---C'est désolant, surtout dans un pays démocratique comme le nôtre. Nous sommes, normalement, les porte-drapeaux des libertés individuelles. Peut-être que bon nombre d'actes discriminatoires, de tout ordre, ne sont pas condamnés à leur juste valeur.

---C'est aussi notre sentiment. Cette haine du juif qui prospère en France, semble se produire dans une indifférence coupable. D'autant qu'elle s'étend dans toute l'Europe. Ça nous rappelle nos mauvaises heures, où les pays européens avaient fait preuve de faiblesse devant notre pire ennemi, *Adolf Hitler*. Aujourd'hui, il y a aussi grave avec, outre la montée du nationalisme en Europe, celle des mouvements islamistes radicalisés. La démocratie française est en danger, la paix mondiale l'est d'autant plus. Cinquante pour cent des jeunes d'aujourd'hui ne connaissent pas l'existence de *la Shoa*, malgré les six millions de juifs exterminés.

---Vous avez raison de poursuivre ce devoir de mémoire. Il n'y a plus d'anciens nazis à traquer mais il est du devoir de la conscience humaine de ne plus en fabriquer. Voyez les autres génocides qui se déroulent à travers le monde, c'est affolant. Au fait, quid de l'identification des familles des vingt-cinq corps retrouvés ?

---Nos services du renseignement ont formellement identifié les dix-neuf juives exécutées, grâce aux ADN comparés avec celui de leurs familles. Nous envisageons une cérémonie commémorative et l'inauguration de deux stèles en mémoire de nos dix-neuf sœurs et en l'honneur de Francine Pourtreaux, des cinq gardiennes et de leur collègue, Madame Irma Ventut, sans laquelle il aurait été difficile de réaliser cette découverte. Même si je sais que vous voulez rester en retrait, nous tenons à ce que vous soyez notre invité d'honneur, Commandant. Nous souhaiterions, également, la présence de Madame Rachel Trakkof, de vos amis et collègues, Harry, Pacman et Vélasquez, ainsi que votre patron, *Alexis M*. Les représentants des dix-neuf familles seront présents, ainsi que Juan Pequena Eruca, victime aussi, malgré lui. Nous avons arrêté la date du 6 janvier 2018, car, finalement, le

6 janvier 1944, date de naissance des jumeaux, aura été l'élément déclencheur de cette macabre découverte.

Ainsi, vint le grand jour.

Le 6 janvier 2018, à 15 heures, débuta la cérémonie, en présence des ministres de la culture, français et allemand, des représentants des anciens combattants et des associations juives, des dix-neuf familles, du fils de Francine Pourtreaux et jumeau d'Alphonse Durant, le seul héritier, Juan Pequena Eruca ; de la généalogiste, Rachel Trakkof, du néo-commandant Velasquez, du réserviste, Pacman, d'Harry, le légiste, et du commandant Blanco, accompagné de son patron et du directeur central. La commémoration, très largement couverte par les médias internationaux, se déroula dans une ambiance, somme toute, pesante en raison des circonstances dramatiques. A l'issue de celle-ci, les participants n'eurent de cesse de remercier le commandant, peu habitué à tant d'égards, lui, plutôt fervent adepte de la discrétion. Après l'assaut des journalistes, l'héritier, Juan Pequena Eruca, ex-Adolph Strohrer, s'approcha timidement de Blanco et s'adressa à lui, sous l'interprétariat du commandant Vélasquez.

---Commandant, à mon tour de vous remercier. J'ai vécu dans l'ignorance jusqu'au jour où vous m'avez appris cette vérité, certes, aussi terrible soit-elle à entendre et à digérer, mais vérité tout de même. J'ai un immense service à vous demander.

---Si je puis vous le rendre. Je vous le dois bien.

---Recevez cette enveloppe cachetée dont, j'en suis persuadé, vous ferez bon usage le jour venu.

Logiquement, étant âgé de plus de vingt ans que vous, dame nature devrait me faire quitter le plancher des vaches avant vous, du moins je l'espère. Je voudrais, qu'après ma mort, vous exhaussiez mes dernières volontés qui y figurent.

---Je tenterai d'honorer votre souhait, dans la mesure de mes capacités.

---Oh, j'en suis convaincu. Vous avez réalisé bien plus difficile dans votre carrière. Pour dernière preuve, la mise à jour de cette macabre affaire.

Rachel remercia Blanco, et lui donna rendez-vous pour fêter l'événement en privé. Et, surtout, lui faire part de son souhait d'engager une relation suivie. Il resta assis sur un banc du square de la Roquette, un très long moment avec Vélasquez, qu'il avisa assez gravement.

---Tu vois, Véla, nous, flics, lorsque nous bouclons une affaire ou que nous nous y cassons les dents, nous sommes toujours confrontés à la joie de l'élucidation ou à la tristesse de l'échec. Mais, quelle que soit l'issue d'une enquête, nous sommes toujours rongés par la cruauté humaine et l'irrévocable traumatisme des victimes. Je t'ai souvent dit que « *soit nous gagnons, soit nous apprenons* ». Mais, je dois reconnaître la seule vérité, quoiqu'il arrive, nous y laissons des plumes. Au fil des années, notre sensibilité s'amenuise et les poulets de notre trempe terminent leur vie, souvent seuls et désabusés. Nous payons un lourd tribu à la société qui ne nous rend que très rarement les honneurs et nous accable d'une haine ostensible.

---Au moins, nous connaissons l'environnement dans lequel on vit. C'est ce que tu m'as toujours enseigné.

---Oui, mais à quoi bon, puisqu'on s'en exclut doucement mais surement ?

---C'est exact, Blanco. Mais, s'il est vrai que nous payons chèrement de notre personne, tu m'as toujours inculqué que l'essentiel était de laisser un message, une trace.

---Tu es un bon équipier, Véla, plus que cela, tu es un ami, comme Pacman. Je suis fier de ce que tu es devenu. Tu es la preuve vivante que je laisse une trace indélébile, que tu transmettras à ton tour. Peut-être à l'endroit de notre nouveau patron, qui, finalement, est un type bien. Sans doute que l'heure est venue de te passer le flambeau. Je t'ai transmis mon ADN. Je n'ai plus rien à t'apprendre et je sais que tu vas encore bonifier.

---Déconne pas, Blanco, j'ai encore besoin de toi, le taulier partage mon avis.

---Je suis sérieux. J'ai perdu l'envie et je ne veux pas gâcher toutes ces années en faisant l'affaire de trop. Cette aussi formidable qu'effroyable enquête a eu raison de mon usure. Je te promets d'y réfléchir encore un peu, mais ma décision est quasi-irrévocable. Et, je termine en beauté, n'est-ce pas, mon Véla ?

Blanco tapa, amicalement, sur l'épaule de Vélasquez, pour le moins dépité, et reprit sur un ton plus enjoué.

---Et puis, Véla, grâce à toi, je serai, en quelque sorte, encore dans la maison. J'espère que tu me raconteras tes futurs exploits et que tu auras encore un peu besoin de mes petits conseils de vieux briscard.

---Quoi qu'il advienne, mille mercis, Blanco. Mais je garde espoir que tu reviennes sur ta décision. Le nouveau patron l'espère aussi. Et puis, nous sommes tellement habitués à tes effets de surprise, que je ne l'imagine pas autrement. N'oublie pas que tu t'es tellement ouvert à moi, que je te connais par cœur.

---On verra, Commandant Vélasquez ! Pour l'instant, allons boire un pot, « *Le quai 36* » nous attend !

Les deux flics refirent le monde, en compagnie de leur amie Simone, avant que Blanco rejoigne sa jolie généalogiste, à l'hôtel Alexandrie, où il savait être attendu de pied ferme.

A 6 heures, un coup de fil le sortit d'un sommeil profond.

---Blanco, c'est Véla !

---Ouais, Véla, j'ai encore toute ma tête, je reconnais encore ta voix, tu as vu l'heure ? Que se passe-t-il ?

---Mauvaise nouvelle. L'héritier vient d'être retrouvé mort, au square de la Roquette.

---Merde. J'aurais dû m'en douter. Il m'a remis une enveloppe cachetée, hier, après la cérémonie, me demandant d'exhausser ses dernières volontés à sa mort. Je te rejoins sur place.

A son arrivée, il découvrit que Juan s'était pendu à la stèle de sa mère. Blanco s'en voulut de ne pas avoir décrypté le message de la veille. Il aurait dû pouvoir lire dans la profondeur de son regard, qu'il envisageait sans doute d'en terminer au plus vite avec la vie. Tant cet héritage devait lui paraître insoutenable. La victime présentait un visage apaisé, comme si Juan s'était libéré d'un poids insupportable. Possible qu'il ait voulu rejoindre sa mère et son jumeau. Blanco lui ferma les yeux, avant de s'isoler sur un banc du square de la Roquette. Il sortit de sa poche intérieure de veste, la fameuse enveloppe cachetée. Après avoir pris une profonde inspiration, il lut le texte qu'avec écrit Juan en français.

« Grand merci à vous, Commandant Blanco !

Vous avez fait ressurgir une vérité difficile à admettre, qui semblait condamnée à demeurer ignorée pour l'éternité.

Je n'ai jamais été un grand bavard et je serai bref.

Je ne puis continuer à vivre dans ces conditions insupportables.

Je préfère quitter ce bas monde en caressant l'infime espoir de rejoindre ma mère et mon frère, dont le mauvais sort m'a privé.

Je dois purifier cette terre de l'ADN de mon criminel de père, dont je suis le dernier porteur.

Je vous charge de transmettre universellement ce message aux jeunes générations pour que ces horreurs de guerre ne se perpétuent. Je n'ai pas fait grand-chose de ma vie. Vous êtes mon unique chance de laisser une trace indélébile de mon triste passage sur terre, et, pour l'unique fois, de me permettre d'être utile à mon prochain.

Ainsi, par le présent, sain de corps et d'esprit, je vous lègue tous mes droits de succession pour vous permettre d'écrire cette histoire et de la faire publier par une maison d'éditions. Puis, de trouver un producteur pour en réaliser un film. Les deux publications devront comporter le même titre :

« Insoutenable héritage ».

Signé : Adolf Strohrer dit « Juan Pequena Eruca »

Blanco, d'habitude si imperméable aux attaques affectives, présenta des yeux larmoyants, au grand dam de Vélasquez. Le temps qu'il fallût pour respecter la dignité de son mentor, il vint s'asseoir auprès de lui et rompit le silence.

---Ça va, Blanco ?

---Oui, mon ami, ne t'inquiète pas. C'est sans doute une larme nécessaire pour laver cette horreur et toutes les terribles épreuves subies, depuis tant d'années d'exercice de cet impitoyable métier de flic.

---Je comprends mais, quelle noble tâche nous exerçons. Et, au diable ce que les gens pensent de nous. Nous connaissons, ainsi que nos proches, le bien-fondé de notre action.

---Je crois que j'avais besoin de cette affaire improbable pour relancer mon envie de me rendre utile à la société. Je vais réaliser les vœux de ce pauvre Juan, né Adolf Strohrer. Je pose une année sabbatique pour écrire ce livre, *« Insoutenable héritage ».*

---C'est la bonne décision, Blanco.

---Et puis, tu me verras traîner dans tes basques, un an ou deux, avant la quille. En espérant que tu puisses encore supporter mon caractère ?

---Tu ne m'en laisseras pas le choix, de toute façon. Tu fais de moi le plus heureux des flics, Blanco. Et ton avenir sentimental ?

---J'aime beaucoup la petite Rachel. Nous devrions tenter notre chance, ensemble. Elle risque de me rejoindre à Paris pour ouvrir son propre cabinet d'enquête.

---Elle bénéficiera d'une bonne source, la petite veinarde.

---Tu ne connais pas mes honoraires, Véla.

Comme promis au défunt héritier, Blanco se lança dans l'écriture du livre « *Insoutenable héritage* » qui fut publié. Cet ouvrage intéressa une grande maison de production, laquelle s'empressa d'en faire une adaptation pour le cinéma.

En revanche, sa relation avec la très jolie Rachel, devint épisodique. Les deux caractères trop trempés rendirent impossible la vie conjugale. Ils restèrent amants occasionnels. La généalogiste repris ses fonctions à Dunkerque.

Son ami, Pacman, continua à transmettre son savoir-faire et ses valeurs aux jeunes recrues du commissariat de police à Maubeuge. Blanco lui rendait souvent visite, pour appuyer ses propos. Ils allaient régulièrement prendre un pot chez Jean-François, au « *Régent* », en compagnie de leur mentor *Jean-Marc Varnier*.

Finalement, le commandant Blanco reprit du service, un an plus tard, toujours en qualité de chef de la Crim' au *36, rue des Bastions*, à parts égales avec son ami Vélasquez. Son nouveau commissaire, *Alexis M.* dit l' « *homme aux trois cerveaux* », lui avait gardé sa place au chaud. Ce partage de fonctions lui permit, enfin, de mieux profiter de la nouvelle petite famille de son fils, Adam, dont la relation avec Marie-Gabrielle, lui offrit deux merveilleux jumeaux, Nathane et Raphaël.

Il s'agissait, maintenant, de préparer l'avenir de ses descendants, lui qui était devenu, finalement, via Juan Pequena Eruca, le dernier héritier légal du pauvre défunt, Alphonse Durant.